Cartas a Nora

James Joyce

CARTAS A NORA

Organização, apresentação e tradução
Sérgio Medeiros e Dirce Waltrick do Amarante

ILUMINURAS

Copyright © 2012
Sérgio Medeiros e Dirce Waltrick do Amarante

Copyright © desta edição
Editora Iluminuras Ltda.

Capa
Eder Cardoso / Iluminuras

Revisão
Leticia Castello Branco

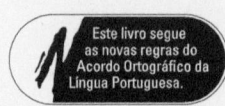
Este livro segue as novas regras do Acordo Ortográfico da Língua Portuguesa.

CIP-BRASIL. CATALOGAÇÃO-NA-FONTE
SINDICATO NACIONAL DOS EDITORES DE LIVROS, RJ
J79c

Joyce, James, 1882-1941
    Cartas a nora / James Joyce ; organização, apresentação e tradução Sérgio Medeiros e Dirce Waltrick do Amarante. - 1. ed. - São Paulo : Iluminuras, 2012 – 1. Reimpressão, 2013.
    128p. : 21 cm

    Tradução de: Selected Joyce letters

    ISBN 978-85-7321-398-0

    1. Joyce, James, 1882-1941 - Correspondências. 2. Joyce, Nora Barnacle, 1884-1951. 3. Romancistas - Irlanda - Séc. XX. I. Medeiros, Sérgio. II. Amarante, Dirce Waltrick do. III. Título.

12-6879.   CDD: 928.2
                    CDU: 929:821

2024
ILUMI//URAS
desde 1987

Rua Salvador Corrêa, 119 | Aclimação | São Paulo, SP | Brasil
04109-070 | Telefone: 55 11 3031-6161
iluminuras@iluminuras.com.br
www.iluminuras.com.br

SUMÁRIO

A voz de James Joyce, 11
Sérgio Medeiros

A voz de Nora Barnacle, 15
Dirce Waltrick do Amarante

CARTAS

DUBLIN (1904)
15 de junho de 1904, 29
[? 12 de julho de 1994], 30
[? Fim de Julho de 1904], 31
[Fim de julho? 1904], 32
3 agosto 1904, 34
[Aproximadamente 13 de agosto de 1904], 35
15 de agosto de 1904, 36
29 de agosto de 1904, 37
[Aproximadamente 1º de setembro de 1904], 40
10 de setembro de 1904, 42
16 de setembro de 1904, 44
19 de setembro de 1904, 45
[26 de setembro de 1904], 46
29 de setembro de 1904, 47

POLA, ROMA, TRIESTE (1904-1912)
[? dezembro de 1904], 51
Carimbo do correio de 29 de julho de 1909, 52
6 de agosto de 1909, 53
7 de agosto de 1909, 55
19 de agosto de 1909, 57
21 de agosto de 1909, 59
22 de agosto de 1909, 61
26 de agosto de 1909, 63
31 de agosto de 1909, 64
2 de [setembro] de 1909, 66
3 de setembro de 1909, 68
5 de setembro de 1909, 70
7 de setembro de 1909, 72
7 de setembro de 1909, 74
20 de outubro de 1909, 76
[? 25 de outubro de 1909], 77
27 de outubro de 1909, 79
1º de novembro de 1909, 83
18 de novembro de 1909, 85
19 de novembro de 1909, 87
22 de novembro de 1909, 89
27 de novembro de 1909, 91
2 de dezembro de 1909, 92
3 de dezembro de 1909, 94
6 de dezembro de 1909, 97
8 de dezembro de 1909, 99
9 de dezembro de 1909, 101
10 de dezembro de 1909, 103
11 de dezembro de 1909, 104
[? 13 de dezembro de 1909], 106
15 de dezembro de 1909, 108

16 de dezembro de 1909, 109
20 de dezembro de 1909, 112
22 de dezembro de 1909, 114
23 de dezembro de 1909, 115
24 de dezembro de 1909 Véspera de Natal, 118
[26 de dezembro de 1909], 120
12 de julho de 1912, 121
[21 de agosto de 1912], 122
Carimbo postal de 22 de agosto de 1912, 124

PARIS (1924)
[? 5 de janeiro de 1924], 129

Anexo
CARTAS DE NORA A JOYCE
23 de junho de 1904, 135
16 de agosto de 1904, 136
12 de setembro de 1904, 137
16 de setembro de 1904, 138
27 de setembro de 1904, 139
2 de novembro de 1909, 140
[Sem data (1911?)], 141
11 de julho de 1912, 142
[Aproximadamente 4 de agosto de 1917], 143
10 (?) de agosto de 1917, 144
11 (?) de agosto de 1917, 145
12 (?) de agosto de 1917, 146
15 de agosto de 1917, 147

Sobre os tradutores, 149

A VOZ DE JAMES JOYCE

Sérgio Medeiros

Um pequeno seixo na mão de Nora Barnacle. Com essa imagem o escritor irlandês James Joyce (1882-1941) buscou descrever a si mesmo numa das cartas a sua mulher, reunidas neste volume. Ao lado dessa irlandesa monumental, Joyce, mero seixo, havia escolhido viver no exílio para sempre.

Nora, segundo Joyce, era a pequena Irlanda de olhos estranhos. Mais do que uma mulher, mais do que uma musa convencional, Nora era um país, ou melhor, a sua ilha natal, que, ao consentir em exilar-se com ele, iria acompanhá-lo, desde então, em suas muitas perambulações pelo continente europeu. (As cartas de Joyce, neste volume, descrevem particularmente o vaivém do artista entre a Itália e a Irlanda, e é a sua separação de Nora, que permaneceu no continente, que as justifica.) Na verdade, segundo a imagem anterior, era Nora quem carregava Joyce (e os dois filhos do casal, Giorgio e Lucia) e não o contrário.

Nora foi a ilha natal que deu a Joyce uma mão. Essa imagem não é inócua ou artificial. É verdadeira. E é irônica. Nora não é a *Ireland* que Joyce afirmava odiar. E que o teria realmente traído...

Os críticos costumam associar Nora à mulher analfabeta do poeta inglês William Blake, sobre quem Joyce escreveu um ensaio, em que propõe a distinção entre mulher simples e mulher cultivada. Ambos, Blake e Joyce, teriam optado pela primeira, pois a outra lhes inspirava desconfiança.

Numa passagem conhecida do seu ensaio de 1912 sobre William Blake, lemos esta declaração de Joyce:

Como numerosos outros gênios, Blake não se sentia atraído por mulheres cultas ou refinadas. Às afetações de refinamento de salão e a uma cultura ampla e fácil, preferia (permitam-me o empréstimo de um clichê do jargão teatral) a mulher simples, de mentalidade nebulosa e sensual, ou, em seu egoísmo ilimitado, desejava que a alma de sua amada fosse uma criação lenta e dolorosa sua, liberando e purificando diariamente, diante de seus próprios olhos, o demônio (tal como dizia) oculto na névoa.[1]

A palavra "gênio", citada acima, era um epíteto que o próprio Joyce se dava. Ele era um seixo na mão da musa e também um gênio, como Dante, que buscou a sua Beatriz no Paraíso, o lugar mais sublime do Universo. Nora, por sua vez, era, nesse contexto, inicialmente apenas a mulher simples, a mulher que, diga-se de passagem, ainda não aparecia como tal nos seus primeiros escritos, nos versos originais do livro *Música de câmara*, no qual a figura feminina idealizada por Joyce (este conheceu Nora posteriormente) não era tão "nebulosa e sensual" como veio a se tornar. Aos poucos, porém, a mulher simples assumiu o seu papel e foi adquirindo, na sua vida e na sua obra, outra dimensão, até se tornar, finalmente, como disse, monumental. Daí se compreende o culto de Joyce a Nora Barnacle, transformada na pequena Irlanda, musa sublime e abjeta, linda e suja.

Mas como ela pôde se tornar isso, sendo como era uma simples mocinha do interior?

As cartas amorosas e eróticas que Joyce escreveu a Nora podem ajudar o leitor a encontrar uma resposta. Ao mesmo tempo que Joyce instiga sua mulher a escrever "obscenidades", ele também sugere que foi ela quem o introduziu na prática da escrita suja, vazada em baixo calão, que tanta repercussão teria na sua obra literária, não poucas vezes acusada de obscena. Sem dúvida, a origem das epifanias obscenas de Joyce está nas cartas

---

[1] JOYCE, James. *De santos e sábios: escritos estéticos e políticos*, Sérgio Medeiros e Dirce Waltrick do Amarante (orgs.). São Paulo: Iluminuras, 2012, p. 232.

altamente eróticas. Pudicamente, Joyce assume que era incapaz de dizer em voz alta um único palavrão, e também afirma que raramente sentia vontade de rir de ditos e anedotas licenciosos. Isso em público. Em casa, ao lado de Nora, ou longe dela, por meio de cartas, fazia uso de todo um vocabulário "pesado", o qual esta tradução das cartas procurou preservar em português.

Já se afirmou que Joyce nunca pretendeu escrever cartas literárias a Nora Barnacle. Pediu que ele guardasse essas cartas, mas não as considerava talvez obras de arte. Escritas no calor da hora, as cartas não aspiram de fato a atingir a perfeição formal, embora, em muitos momentos, reproduzam magistralmente, graças ao ritmo acelerado ou irregular, aquilo que Joyce visava a expressar: a inquietação, o frenesi, o gozo... Bastante econômico nas vírgulas, Joyce também omite sinais (como o de interrogação) e tampouco sublinha ou destaca palavras estrangeiras. Nesse sentido, as cartas eróticas são sujas, duplamente sujas. A tradução para o português brasileiro tratou de preservar essa sujeira da voz de Joyce, inclusive ao misturar pronomes pessoais ou embaralhar, em nome da espontaneidade, as normas cultas e a prática coloquial.

Nora é o centro destas cartas, porém não tivemos acesso às suas respostas. As publicações que consultamos durante o trabalho de tradução não nos deram integralmente a voz de Nora.

As cartas de Joyce foram retiradas do volume *Selected Letters of James Joyce* (Nova York: The Viking Press, 1975), editadas por Richard Elmann.

A VOZ DE NORA BARNACLE

Dirce Waltrick do Amarante

Segundo Brenda Maddox, biógrafa de Nora Barnacle, "Nora não tinha diário. O que poderia reconstruir sua personalidade pertencia em grande parte a seu cunhado Stanislaus Joyce. Foi ele quem salvou, e sua viúva depois vendeu para Cornell, a ampla coleção de cartas privadas que revela quase tudo que se sabe sobre fatos da família de Nora, seu namoro e seu relacionamento com James Joyce".[1]

Grande parte da correspondência entre o casal foi escrita apenas por Joyce, já que Nora não gostava de redigir cartas e só o fazia por necessidade. Não são raras as vezes em que Joyce, nas cartas à companheira, a chama de "caladinha", "silenciosa" e implora que ela lhe escreva.

As cartas de Joyce a Nora, reunidas neste volume, teriam, como todas as correspondências amorosas, de acordo com a tese de Roland Barthes, a seguinte característica: "eu falo e você me escuta, logo nós somos",[2] numa frase de Ponge, retomada pelo crítico francês. Portanto, prossegue Barthes, "o discurso amoroso sufoca o outro, que não encontra nenhum espaço para a sua própria palavra sob esse dizer maciço".[3] Ou seja, "o outro é desfigurado por seu mutismo, como naqueles sonhos pavorosos nos quais tal pessoa amada aparece com a

---
[1] MADDOX, Brenda. *Nora: the Real Life of Molly Bloom*. Nova York: A Mariner Book, 1988, p. 385.
[2] BARTHES, Roland. *Fragmentos de um discurso amoroso*. São Paulo: Martins Fontes, 2003, p. 252.
[3] Idem, ibidem.

parte inferior do rosto apagada, privada de boca; e eu que falo, sou também desfigurado: o solilóquio faz de mim um monstro, uma enorme língua[4]."

Ao mesmo tempo, entretanto, como afirma o pensador italiano Giorgio Agamben, "só as palavras nos põem em contato com as coisas mudas".[5] Nesse aspecto, as cartas de Joyce dão visibilidade a Nora Barnacle, sua companheira de vida, nascida em Galway em 21 ou 22 (igreja e estado não estão de acordo quanto ao dia) de março de 1884, filha de um padeiro analfabeto,[6] Thomas Barnacle, e de uma costureira, Annie (abreviatura de Honoraria) Barnacle, nascida Healy.

Quando Nora tinha dois anos, foi morar com a avó materna, Catherine Mortimer Healy, pois sua mãe precisava cuidar dos outros filhos menores do casal. A mudança para a casa da avó teria sido o primeiro exílio de Nora, o qual moldou substancialmente sua personalidade.

Numa carta de 3 de dezembro de 1904, enviada de Pola para seu irmão Stanislaus Joyce, o escritor relata alguns detalhes sobre a família de Nora:

> O pai de Nora é um padeiro. Eles são uma família de sete. Papai tinha uma loja, mas bebia a valer todas as tortas e pães. A família da mãe é "distinta" e [...] interveio. Arresto do papai. Tio Michael[7] ajudou a sra. e as crianças, enquanto papai assava e bebia num lugar distante de Connacht. Tio M. é rico. Papai é tratado muito desdenhosamente pela família. Nora diz que sua mãe não queria mais ficar com ele. Nora não vivia na casa mas com sua avó que lhe deixou algum dinheiro.[8]

---

[4] BARTHES, Roland, op. cit., p. 253.
[5] AGAMBEN, Giorgio. *Ideia da prosa*. Lisboa: Cotovia, 1999, p. 112.
[6] Quando se casou com Annie Healy, em 1881, Thomas Barnacle assinou o registro com um X. Cf. MADDOX, Brenda, op. cit., p. 9.
[7] Joyce e Michael Healy (1862-1907) se tornariam grandes amigos.
[8] ELLMANN, Richard (org.). *Selected Letters of James Joyce*. Nova York: The Viking Press, 1975, p. 45.

Embora na casa da avó Nora vivesse com bastante conforto, o que a casa materna dificilmente lhe ofereceria, ela nunca perdoou a mãe por tê-la "mandando embora" de casa. Por isso não se despediu dela quando deixou Galway.[9] Nora só se reconciliaria com a mãe anos mais tarde, quando já vivia com James Joyce na Itália. Numa das viagens de Joyce à Irlanda, ela pediu que ele visitasse sua família e apresentasse Giorgio, o filho de ambos, a seus parentes. Joyce conta numa carta sua impressão da sogra, muito favorável, aliás:

> Uma hora atrás eu estava cantando a tua canção *The Lass of Aughrim* ("A moça de Aughrim"). Meus olhos se enchem de lágrimas e minha voz treme de emoção quando canto essa ária encantadora. Valeu a pena ter vindo à Irlanda para aprendê-la com a tua pobre e amável mãe — de quem gosto *muito*, Nora querida.

Ao contrário do que se pensa sobre Nora — "É parte do mito da camareira que fugiu com o artista dizer que Nora era ignorante e inculta."[10] —, ela não era muito diferente das moças da sua época e frequentou a escola até os doze anos, ou seja, como lembra Maddox, "teve o máximo de educação escolar que era acessível sem remuneração às garotas daqueles dias".[11] Moças da sua geração ocasionalmente iam para a universidade e as que a frequentavam eram todas de famílias abastadas que podiam pagar a escola preparatória.[12] Ainda segundo sua biógrafa,

> Nora ficaria muito surpresa de saber que a posteridade iria tachá-la de relaxada, inculta, alguém que não sabia sequer cozinhar. Com o passar dos anos as zombarias se acumularam:

---

[9] A avó de Nora teria lhe dado uma boa educação (bons modos à mesa, bons modos no falar).
[10] MADDOX, Brenda, op. cit., p. 12.
[11] Idem, p. 13.
[12] Idem, ibidem.

"Ela nunca dominou a língua dos países onde eles viveram"; "Essa mulher rude e inculta (ela era uma camareira quando ele a conheceu)... se recusou a ler *Ulysses* ou qualquer outra coisa do seu marido"; "Nora era incapaz de dar um mínimo de tranquilidade aos familiares ou de garantir o asseio ou a organização da casa"; "Ela, como Molly Bloom, deixava a casa suja".[13]

Numa de suas cartas a Nora, Joyce afirma, contudo, que:

> Talvez seja na arte, Nora queridinha, que você e eu encontremos um conforto para o nosso amor. Eu gostaria de te ver cercada por tudo que é fino e belo e nobre em arte. Você não é, como diz, uma pobre moça sem educação. Você é a minha noiva, querida, e quero te dar todo o prazer e toda a alegria nesta vida que eu puder.

Numa outra carta, endereçada ao irmão Stanislaus, Joyce no entanto afirma, com certo desalento: "Li para Nora o capítulo XI que ela achou extraordinário mas ela não se interessa nem um pouco pela minha arte".[14] E numa terceira carta, de 1912, Joyce diz o seguinte:

> Quando voltarmos para Trieste você lerá se eu te der livros? Então nós poderemos conversar sobre eles. Ninguém te ama como eu e adoraria ler contigo os diferentes poetas e dramaturgos e romancistas como o seu guia. Eu te darei apenas o que é mais belo e melhor em literatura.

O escritor Arthur Power certa vez declarou que era "verdade que ela não era uma intelectual de modo algum; e por que deveria?... Ela era sincera e uma mulher garbosa [...] — essa brisa de Galway no ar intelectual de sua casa em Paris".[15]

---

[13] Idem, p. 376.
[14] ELLMANN, Richard (org.), op. cit., pp. 46-47.
[15] MADDOX, Brenda, op. cit., p. 376.

Pouco se sabe sobre a vida de Nora entre o período de sua saída da escola e sua ida para Dublin. Concluídos os anos escolares, as irmãs do Presentation Convent ofereceram a Nora um trabalho como porteira nessa instituição, mas Nora não ficou ali todos os anos: também trabalhou como doméstica na casa de um médico e na oficina de encadernação O'Gorman's, razão pela qual, mais tarde, Joyce enviou uma primeira edição autografada de *Ulysses* para O'Gorman's.[16]

Numa das cartas enviadas a Stanislaus, Joyce conta uma história surpreendente sobre a vida de Nora neste período:

> Quando ela tinha dezesseis anos um cura de Galway criou um laço de amizade com ela: chá no presbitério, conversinhas, familiaridade. Era um jovem bonito com cabelos pretos encaracolados. Uma noite durante o chá ele a colocou no seu colo e disse que gostava dela, que ela era uma garotinha bonita. Então ele colocou sua mão dentro do seu vestido que era relativamente curto. Ela, entretanto, eu concluo, fugiu. Mais tarde ele lhe disse que falasse em confissão que foi um homem e não um padre que "fez" isso com ela. Grande diferença.[17]

Mais tarde, Nora teria se envolvido com um rapaz protestante, mas a família proibiu que seus encontros com ele continuassem: seu tio "bateu nela com uma bengala grande. Ela desmaiou no chão e se agarrou nos seus joelhos. Nessa época ela tinha dezenove! Historinha bonita, né?"[18]

Joyce conheceu Nora em 10 de junho de 1904, quando ambos caminhavam pela Nassau Street, em Dublin. Depois de conversarem um pouco, Joyce ficou sabendo que Nora, uma bela moça de cabelos castanho-avermelhados, estava empregada no Finn's Hotel, e que, pelo sotaque, devia ser de Galway. Então marcaram um encontro na esquina da Marion Street, no dia 14

---

[16] MADDOX, Brenda, op. cit., pp. 13 e 20.
[17] ELLMANN, Richard (org.), op. cit., pp. 45-46.
[18] ELLNANN, Richard (org.), op. cit., p. 46.

de junho.[19] Nora não apareceu e, no dia 15, Joyce lhe escreveu sua primeira carta:[20] "Devo estar cego. Olhei para uma cabeça com cabelos castanho-avermelhados durante um bom tempo e decidi que não era a sua. Voltei para casa desolado". Joyce e Nora saíram juntos pela primeira vez no dia 16 de junho, data imortalizada no romance *Ulysses*, cujo enredo se passa nesse dia. O namoro engrenou, e os encontros amorosos se sucederam, cada vez mais ardentes.

Joyce e Nora partiram para Londres no final de 1904, pois Joyce pretendia se encontrar com Arthur Symons e discutir com editores a publicação de seu livro de poesia *Música de câmara*.[21] Segundo Richard Ellmann, quando o casal foi a Londres, um ainda não confiava plenamente no outro. Quando chegaram à cidade, Joyce deixou Nora durante duas horas num parque enquanto foi procurar Arthur Symons. "Ela pensou que ele não voltaria. Mas voltou, e surpreenderia seus amigos, e talvez até a si mesmo, com a futura constância. Quanto a Nora, ficou firme pelo resto da vida".[22]

Depois disso o casal quase não se separou (Joyce oficializou sua união com Nora em 1931), a exceção foi o ano de 1909, quando Joyce fez duas viagens à Irlanda, enquanto Nora permaneceu em Trieste.[23] São dessa data a maior parte das cartas que se encontram neste volume.

A impressão de seu país — "Meu amor Como estou farto, farto, farto de Dublin! É a cidade do fracasso, do rancor e da infelicidade. Eu anseio sair daqui" —, suas dúvidas em relação à vida passada de Nora — "Georgie é meu filho?", a dependência em relação a Nora — "Me salve, meu *grande* amor! Me salve

---

[19] Nora sempre contava a história de como conheceu Joyce, mas cada vez de um modo diferente.
[20] ELLMANN, Richard. *James Joyce*. São Paulo: Globo, 1989, p. 205.
[21] ELLMANN, Richard, op. cit., p. 235.
[22] ELLMANN, Richard, op. cit., p. 232.
[23] MADDOX, Brenda, op. cit., p. 89.

da maldade do mundo e da maldade do meu próprio coração!" —, são temas constantes das cartas de Joyce enviadas a Nora. Chamam a atenção também as cartas obscenas, as quais teriam sido incentivadas, em parte, por sua própria companheira. Mas é a fantasia erótica do próprio Joyce que sobressai nelas:

> Fiquei feliz em saber que você gosta realmente de ser fodida por trás. Sim, agora me lembro daquela noite em que te fodi demoradamente por trás. Foi a trepada mais suja de que me lembro, querida. Meu pau ficou enfiado em você por várias horas, entrando e saindo do teu rabo virado para cima. Sentia as tuas gordas nádegas suadas sob a minha barriga e via a tua face rubra e os teus olhos enlouquecidos.

Como se lê em *Nora: the Real Life of Molly Bloom*, a astuta Nora "se empenhou nessas correspondências obscenas para mantê-lo longe das prostitutas. Joyce tinha tido uma doença venérea quando ela o conheceu. Talvez ele voltasse, Nora temia, a ter relações com prostitutas de Dublin quando ele estivesse longe dela, talvez ele reavivasse a sua infecção passando-a possivelmente para ela".[24]

Brenda Maddox lembra ainda que "a predileção sexual de Nora não parecia ser por sexo anal, mas ela queria segurar seu homem, queria lhe arrancar dinheiro e gostava de jogos sexuais. Uma vez ele se queixou porque sua carta estava inesperadamente fria; ele lhe enviou um outro bilhete de banco".[25] Joyce ficava em êxtase quando Nora lhe escrevia: "Você diz que quando eu voltar vai me chupar e que quer que eu lamba a tua xoxota, sua salafrária depravadinha".

No prefácio à edição francesa das cartas para Nora, assinada pelo estudioso e tradutor André Topia, lemos algo que merece ser destacado aqui, pois sobre isso todos os especialistas em

---

[24] MADDOX, Brenda, op. cit., p. 102.
[25] Idem, p. 105.

Joyce estão de acordo: que "raramente na história da literatura um encontro amoroso teve tanta repercussão no conjunto de uma obra. A figura de Nora frequenta com efeito toda a ficção de Joyce, de *Dublinenses* a *Finnegans Wake*".[26]

Nora teria inspirado, por exemplo, a personagem Gretta, mulher de Gabriel Conroy, no conto "Os mortos", pois, assim como ela, teria também vindo de Galway, além do que, como conta Joyce numa carta de 3 de dezembro de 1904 a Stanislaus, "ela teve muitos casos de amor, um quando ela era muito jovem, com um garoto que morreu. Ela ficou de cama com a notícia de sua morte".[27]

Segundo Gordon Browker, um namorado de Nora, Michael Feeney, teria também morrido em virtude de uma pneumonia, depois de esperar longamente por Nora, na saída do Convento da Apresentação, onde ela trabalhava, sob uma forte chuva. Quando Nora soube, dois meses depois, da morte de Feeney, sentiu-se culpada e "estava convencida que ele morreu porque a amava".[28]

Nora teria inspirado também a criação de Bertha, na peça *Exilados*, uma personagem que, como Nora, leva seu companheiro a mergulhar numa interminável e angustiosa dúvida sobre sua fidelidade amorosa.

Anna Livia, protagonista de *Finnegans Wake*, seria, como Nora Barnacle, a grande "amanteretriz". É possível ver refletidas em Anna Livia várias características de Nora: seu cabelo castanho-avermelhado, seu gosto por vestidos e, em particular, por sapatos. Anna Livia é, ao mesmo tempo, santa e meretriz, por isso cabe voltar à correspondência de Joyce, na qual ele, num momento, chama Nora de santa — "Guie-me, minha santa, meu

---

[26] JOYCE, James. *Lettres à Nora*. Paris: Payot & Rivages, 2012, p. 7.
[27] ELLMANN, Richard (org.), op. cit., p. 45.
[28] BROWKER, Gordon. *James Joyce: a New Biography*. Nova York: Farrar, Straus and Giroux, 2011, p. 122.

anjo" — para, em seguida, tratá-la como uma devassa — "Minha doce putinha".

Anna Livia seria também aquilo que Nora foi enquanto Joyce escrevia sua obra máxima, já nos derradeiros anos de sua vida, *Finnegans Wake*: bonita e feia, cansada e solitária, consumindo sua vida na dedicação aos filhos e ao esposo.

Quanto a Molly Bloom, a grande personagem de *Ulysses*, nascida em Gibraltar e filha de mãe espanhola, não se parecia com Nora: seu cabelo preto seria uma referência a uma sedutora pupila de Joyce em Trieste, Amália Popper, a quem ensinou inglês; seu aspecto espanhol-irlandês viria da filha de um amigo do pai de Joyce. A potente voz de cantora viria de uma matrona de Dublin... A última palavra do seu famoso monólogo, "Sim", teria sido pronunciada por uma amiga de Nora, Lillian Wallace, num encontro com amigos: Joyce a teria ouvido dizer "Sim" várias vezes.[29]

Embora Joyce nunca tenha afirmado que Molly era o retrato de Nora, com certeza a linguagem do monólogo final de *Ulysses* foi parcialmente calcado no estilo das cartas de Nora, que, embora ainda não divulgadas na íntegra, eram compostas, conforme afirmam os biógrafos, com frases longas, desconexas e sem pontuação (as cartas de Joyce a Nora, aliás, tampouco obedecem às regras gramaticais nesse quesito).[30] Além disso, tanto Molly quanto Nora recebiam e apreciavam cartas obscenas escritas por seus respectivos maridos.

Voltando à ascendência espanhola de Molly, caberia destacar que Joyce, no ensaio "A cidade das tribos", lembra que os habitantes de Galway, terra de Nora, são de origem espanhola. Embora em Galway não se tope "com o verdadeiro tipo espanhol de traços e cabelos negros como um corvo a cada quatro passos

---

[29] MADDOX, Brenda, op. cit., p. 198.
[30] Idem, p. 199.

que se dê",³¹ é bem possível que os seus escombros (as casas espanholas já estavam desmoronando, como frisou Joyce) tenham vindo à tona em *Ulysses*, ao redor da figura de Molly Bloom.

Entre os muitos tributos a Nora na obra de Joyce, sobressaem as referências, muitas vezes obscuras, a aves marinhas e gansos — "glorious name of Irish goose" (*Finnegans Wake*) —, uma vez que o sobrenome da sua musa, Barnacle, viria de uma ave marinha, *barnacle goose* (bernaca), que vive no Ártico e migra para os estuários da Grã-Bretanha e da Irlanda durante o inverno.³²

A importância de Nora foi tanta na ficção de Joyce, e sua pessoa tornou-se tão inesquecível para os leitores, que Kenneth Reddin escreveu no *Irish Times*, quando o escritor morreu: "Lembro da bela voz de Galway da sra. Joyce, da sua hospitalidade e do constante bom humor... e do sentimento imutável de uma Dublin transplantada para o exterior".³³

Sua própria morte, anos depois, foi anunciada na imprensa mundial. Os biógrafos citam, por exemplo, no que se refere ao universo de língua inglesa, publicações importantes como *The New York Times*, *Herald Tribune*, o *Times of London* e a revista *Time*, que, em 23 abril de 1951, concedeu-lhe alguns dos raros créditos públicos sobre as realizações literárias de Joyce:

> Faleceu: Sra. James Joyce (Nora Barnacle), 65,³⁴ durante longo tempo confidente e companheira literária de seu famoso marido escritor; de um ataque cardíaco; em Zurique, Suíça, onde Joyce faleceu há dez anos. Uma mulher prática, ajudou-o a se estabelecer e a terminar sua obra, suspirou depois de ler

---

³¹ JOYCE, James. *De santos e sábios: escritos estéticos e políticos*. Sérgio Medeiros e Dirce Waltrick do Amarante (orgs.). São Paulo: Iluminuras, 2012, p. 243.
³² MADDOX, Brenda, op. cit., pp. 09-10. Barnacle, em inglês, também significa craca, percevejo.
³³ Idem, p. 374.
³⁴ Na realidade, Nora tinha 67 anos.

Ulysses: "Acho que esse homem é um gênio, mas que mente suja ele tem!" Depois da morte do marido já célebre autor, suportou longa e decente pobreza, relutando em morar na Inglaterra e incapaz de receber mais do que uma fração de seus direitos autorais fora do país.[35]

---

[35] MADDOX, Brenda, op. cit., pp. 374-375.

DUBLIN
1904

15 de junho de 1904   60 Shelbourne Road

    Devo estar cego. Olhei para uma cabeça com cabelos castanho-avermelhados durante um bom tempo e decidi que não era a sua. Voltei para casa desolado. Gostaria de marcar um encontro, mas talvez isso não lhe agrade. Espero que você seja muito amável comigo para marcar um — se você não me esqueceu!

James Joyce

[? 12 de julho de 1994][1] 60 Shelbourne Rd, Dublin

    Minha querida tolinha de sapatinhos marrons, esqueci — não posso te ver amanhã (quarta-feira), mas apareço na quinta no mesmo horário. Espero que você ponha minha carta na cama corretamente. Sua luva fica do meu lado a noite toda — desabotoada — mas por outro lado se comporta muito bem — como a Nora. *Por favor*, tire aquele peitoral[2] pois não gosto de abraçar uma caixa do correio. Você ouve agora? (Ela começa a rir.) Meu coração — como você diz — sim — de acordo
    Um beijo de vinte e cinco minutos no seu pescoço

AUJEY[3]

---

[1] A data é conjectural. As terças-feiras do mês de julho de 1904 caíram nos dias 5, 12, 19 e 26.
[2] Peitoral, aqui, é uma parte do hábito religioso feminino que cobre o peito.
[3] Assinatura quase ilegível. Talvez seja um anagrama, em latim grosseiro, de James Augustine. Ao pé da página da carta, consta a expressão "dor de dente", escrita com a letra de Joyce.

[Fim de julho? 1904]					[Dublin]

Minha Nora bem amuadinha, eu disse que te escreveria. Agora você me escreve e me pergunta que diabos aconteceu na noite passada. Tenho certeza de que alguma coisa estava errada. Você me olhava como se lamentasse alguma coisa que *não* havia acontecido — que teria agradado a você. Estou tentado consolar minha mão desde então mas não consigo. Você vai estar onde na noite de sábado, na noite de domingo, na noite de segunda, para que eu possa te ver? Agora, adieu, minha querida. Beijo a covinha milagrosa do seu pescoço, Teu Irmão Cristão na Luxúria.

						J.A.J

Quando você vier da próxima vez deixe o mau humor em casa — também o espartilho

[Fim de julho? 1904]   [Dublin]

    Minha querida Nora   Agora à noite me pus a suspirar profundamente enquanto caminhava e pensei numa canção antiga composta há 300 anos pelo rei inglês Henrique VIII — um rei brutal e luxurioso. Essa canção é tão doce e fresca e parece vir de um coração tão ingênuo e aflito que a envio a você, esperando que possa te agradar. É estranho que de tais lamaçais os anjos façam brotar um espírito de beleza. As palavras expressam com muita delicadeza e musicalidade a vaga e cansada solidão que eu sinto. É uma canção composta para alaúde.

JIM

Canção
(para música)

Ah, os suspiros do meu coração
Me afligem tanto com sua dor!
Pois devo separar-me do meu amor
Adeus para sempre, minha alegria.

Costumava eu contemplá-la
E abraçados nós dois ficávamos.
E agora com muitos suspiros
Adeus alegria e bem-vinda a dor!

E me parece que se eu ainda pudesse
(Deus queira que assim fosse!)
Não haveria maior alegria
Para aliviar o meu coração.[1]

Henrique VIII.

---

[1] *Ah, the sighs that come from my heart/ They grieve me passing sore!/ Sith I must from my Love depart/ Farewell, my joy, for evermore.// I was wont her to behold/ And clasp in armes twain./ And now with sighes manifold/ Farewell my joy and welcome pain!// Ah methinks that could I yet/ (As would to God I might!)/ There would no joy compare with it/ Unto my heart to make it light.*

3 de agosto de 1904   60 Shelbourne Road

    Querida Nora   Você vai conseguir "escapar" esta noite às oito e meia? Espero que sim pois estou no meio de um tal turbilhão de preocupações que desejo esquecer tudo em seus braços. Então venha se puder. Em virtude dos poderes apostólicos de que fui investido por Sua Santidade Papa Pio X eu lhe dou permissão pela presente para vir sem saias receber a Benção Papal que me dará alegria ministrar-lhe   Teu no Judeu Agonizante

                                    VINCENZO VANNUTELLI
                                      (Cardeal-diácono)

[Aproximadamente 13 de agosto de 1904] [Dublin]

Minha querida Nora   Você vai encontrar nesta um textinho meu ('Stephen Daedalus') que pode te interessar.[1] Creio que só tive o dia inteiro um único pensamento.

JAJ

---

[1] "As Irmãs", *Irish Homestead* (Dublin), x. 33 (13 de agosto de 1904), pp. 676-7.

15 de agosto de 1904   60 Shelbourne Road

    Minha querida Nora   Acabou de soar uma hora. Cheguei às dez e meia. Desde então fiquei sentado numa poltrona feito um idiota. Não pude fazer nada. Só ouço a sua voz. Sou tal qual um idiota ouvindo você me chamar de "Querido". Ofendi dois homens hoje ao deixá-los friamente. Queria ouvir a sua voz, não a deles.[1]

    Quando estou com você ponho de lado minha natureza desconfiada e desdenhosa.

    Queria sentir agora sua cabeça no meu ombro. Acho que vou me deitar.

    Fiquei meia hora escrevendo isto. Você me escreverá alguma coisa? Espero que sim. Como devo assinar? Não quero assinar nada de modo algum, porque não sei como assinar.

---

[1] Porque a sua voz estava ao meu lado / Eu o fiz sofrer... (*Música de câmara*, xvii).
[*Because your voice was at my side / I gave him pain...*]

29 de agosto de 1904   60 Shelbourne Road

Minha querida Nora   Acabei de fazer a refeição da noite mas não tinha o menor apetite. Quando estava no meio descobri que comia com os dedos. Me senti mal como ontem à noite. Estou muito angustiado. Perdoe esta pena horrível e este papel medonho.

Devo ter-lhe atormentado esta noite com o que disse mas certamente é bom que você conheça a minha opinião sobre a maioria das coisas. Minha consciência rejeita toda a ordem social atual e o cristianismo — lar, as virtudes reconhecidas, classes sociais e doutrinas religiosas. Como posso gostar da ideia de lar? Meu lar foi simplesmente um de classe média arruinado por hábitos pródigos os quais herdei. Minha mãe foi morta lentamente, penso, pelo péssimo tratamento do meu pai, por anos de dificuldades e pela cínica franqueza da minha conduta. Quando olhei para o seu rosto no caixão — um rosto cinza e consumido pelo câncer — percebi que olhava para o rosto de uma vítima e amaldiçoei o sistema que fizera dela uma vítima. Nós éramos uma família de dezessete. Meus irmãos e minhas irmãs não são nada para mim. Só um irmão é capaz de me entender.

Abandonei a igreja católica há seis anos, odiando-a profundamente. Descobri que me era impossível permanecer em seu seio devido aos impulsos da minha natureza. Quando era estudante travei uma guerra secreta contra ela e recusei aceitar as posições que me oferecia. Ao fazer isso eu me tornei um mendigo, mas mantive o meu orgulho. Agora travo uma guerra aberta contra ela por meio do que escrevo, digo e faço. Não posso fazer parte da ordem social senão como um vagabundo. Comecei a estudar medicina três vezes, direito uma vez, música uma vez. Há uma semana planejava ir embora como ator ambulante. Não consegui pôr nenhuma energia nesse projeto porque você não parava de me puxar pelo braço. As dificuldades atuais da minha vida são inacreditáveis mas eu as desprezo.

    Assim que você se recolheu esta noite eu caminhei até a rua Grafton onde fiquei fumando por muito tempo, recostado a um poste. A rua estava cheia de uma animação na qual verti um jorro da minha juventude. Enquanto permanecia ali recordei certas frases que escrevi há alguns anos quando morava em Paris — essas frases são — "Passam em dois ou três em meio à animação do boulevard, caminhando como pessoas desocupadas num lugar iluminado para elas. Estão numa confeitaria, tagarelando, triturando os edificiozinhos de massa folhada ou sentadas silenciosamente às mesas perto da porta do café, ou descendo de carruagens com a viva agitação de trajes suaves como a voz do adúltero. Passam num ar perfumado. Sob os perfumes seus corpos têm um cheiro quente e úmido."[1]

    Enquanto repetia isso para mim mesmo me dei conta de que essa vida ainda me esperava caso eu decidisse entrar nela. Talvez ela não me embriagasse como fez um dia mas ainda estava lá e agora que sou mais sábio e mais disciplinado ela era segura. Não faria perguntas, não esperaria nada de mim exceto alguns momentos da minha vida, deixando o resto livre, e me prometeria em troca o prazer. Pensei nisso tudo e o rejeitei sem arrependimento. Era inútil para mim; não poderia dar-me o que eu queria.

    Acho que você não entendeu bem algumas passagens de uma carta que te escrevi e notei certa reserva no teu comportamento como se a lembrança daquela noite te perturbasse. No entanto, eu a considero um tipo de sacramento e sua lembrança me enche de assombrosa alegria. Você talvez não compreenda

---

[1] A passagem contém, excluindo a última frase, toda a epifania (Manuscrito de Cornell) das *poules* parisienses. Aparece adaptada no *Ulysses*. Cf. p. 148 da edição brasileira de *Ulysses* (Penguin-Companhia das Letras), tradução de Caetano Galindo.

imediatamente por que é que eu te venero tanto por isso, pois não conhece bem as minhas opiniões. Mas ao mesmo tempo foi um sacramento que me deixou uma sensação final de tristeza e aviltamento — tristeza porque vi em você uma extraordinária ternura melancólica que havia escolhido esse sacramento como um compromisso, e aviltamento porque compreendi que a seus olhos eu era inferior a uma convenção da nossa sociedade atual.

Falei sarcasticamente esta noite mas falava do mundo e não de você. Sou inimigo da baixeza e da escravização de pessoas mas não de você. Você não consegue ver a simplicidade que está por trás de todos os meus disfarces? Todos nós usamos máscaras. Certas pessoas que sabem que estamos muito unidos frequentemente me insultam falando de você. Eu os escuto calmamente, desdenhando lhes responder mas a menor palavra deles faz meu coração soçobrar como um pássaro na tempestade.

Não me é agradável ter que ir agora para a cama com a lembrança da última expressão do teu olhar — um olhar de indiferença cansada — a lembrança da tortura na sua voz na outra noite. Penso que nunca um ser humano esteve tão próximo da minha alma como você, e contudo você pode tratar minhas palavras com uma rudeza penosa ("Agora sei o que é falação", você diz). Quando eu era mais novo tive um amigo[2] com quem ficava à vontade — às vezes mais, às vezes menos do que fico com você. Ele era irlandês, quer dizer, ele me traiu.

Não disse nem a metade do que queria dizer mas é muito trabalhoso escrever com esta maldita pena. Não sei o que você vai achar desta carta. Por favor me escreva, está bem? Minha querida Nora, eu te respeito muito, creia-me, mas quero mais do que as tuas carícias. Você me deixou de novo com uma dúvida angustiante.

JAJ

---

[2] J.F. Byrne.

[Aproximadamente 1º de setembro de 1904]
7 S. Peter's Terrace, Cabra, Dublin

Meu amor   Nesta manhã estou me sentindo tão bem que decidi te escrever quer goste ou não. Não tenho outra notícia para te dar exceto que falei de ti ontem à noite para a minha irmã. Foi muito divertido. Daqui a meia hora vou sair para ver Palmieri[1] que quer que eu estude música e passarei diante da tua janela. Não sei se você vai estar lá. Também não sei se poderei vê-la se você estiver lá. Provavelmente não.

Que manhã encantadora! Tenho o prazer de dizer que aquela caveira não veio me atormentar ontem à noite. Como odeio Deus e a morte! Como eu gosto da Nora! É claro que tais palavras te chocarão, criatura piedosa.

Esta manhã me levantei cedo para terminar a história que estou escrevendo. Quando havia escrito uma página decidi que em vez disso te escreveria uma carta. Além do que pensei que você não gosta de segunda-feira e que uma carta minha poderia te alegrar. Quando estou feliz sinto um desejo louco de contar isso a todo mundo que encontro mas eu ficaria muito mais feliz se você me desse um daqueles beijos gorjeadores que você gosta de me dar. Eles me fazem lembrar do gorjeio dos canarinhos.

Espero que você não esteja sentindo aquela dor terrível esta manhã. Vá ver o velho Sigerson e pede que ele te receite algo. Você vai ficar triste com a notícia de que minha tia-avó[2] está morrendo de estupidez. Lembre-se por favor que tenho *treze* cartas tuas até o presente.

---

[1] Benedetto Palmieri (1863-1918) era o melhor professor de canto em Dublin. Napolitano de nascimento, ensinou na Academia de Música de Dublin de 1900 a 1914. Ele se ofereceu para treinar Joyce por três anos sem pagamento de mensalidade em troca de uma participação nos ganhos de seus concertos por dez anos. Joyce recusou.

[2] Provavelmente a Sra. Callanan, uma tia da mãe de Joyce que é modelo para Miss Morkan, do conto "Os mortos" ("The Dead").

Não esqueça de dar aquele espartilho de dragão para a senhorita Murphy — e eu penso que você também poderia presenteá-la com o uniforme completo de dragão. Por que você usa essas coisas malditas? Já viu os homens que circulam por aí nos carros da Guinness, usando grandes sobretudos com frisos? Você está querendo se parecer com um deles?

Mas você é tão obstinada que é inútil falar disso. Devo te falar do meu amável irmão, Stannie. Ele está sentado à mesa 1\2-vestido, lendo um livro e falando em voz baixa para si mesmo "Maldito fulano" — o autor do livro — "Quem disse com os diabos que este livro era bom" "Um estúpido cabeça oca!" "Me pergunto se os ingleses não são a raça mais estúpida da terra" "Maldito inglês tolo" etc. etc.

Adeus, minha querida Nora ingênua, nervosinha, de voz grave, sonolenta, impaciente. Cem mil beijos.

JIM

10 de setembro de 1904 The Tower, Sandycove[1]

Minha querida, querida Nora   Suponho que você esteja bastante perturbada desde a noite passada. Não vou falar de mim mesmo pois sinto que agi com grande crueldade. De certo modo não tenho nenhum direito de esperar que você me considere melhor do que o resto dos homens — de fato, não tenho absolutamente nenhum direito de exigir isso considerando a minha própria vida. Mas apesar de tudo sinto que esperava isso ainda que fosse apenas porque jamais estimei alguém como estimo você. Existe também algo meio diabólico em mim que me faz sentir prazer em demolir as opiniões que as pessoas têm a meu respeito e em provar a elas que sou de fato egoísta, orgulhoso, espertalhão e indiferente com os outros. Lamento que minha tentativa de ontem à noite de agir de acordo com o que eu acreditava correto tenha te causado tal sofrimento mas não vejo como eu poderia ter agido de outra maneira. Te escrevi uma longa carta explicando tão bem quanto podia meus sentimentos nessa noite e me pareceu que você desconsiderava o que eu dizia e me tratava como se eu fosse simplesmente um companheiro ocasional de libertinagem. Você se queixará talvez da brutalidade das minhas palavras, mas, acredite, me tratar

---

[1] Joyce deixou 60 Shelbourne Road por volta de 1º de setembro; hospedou-se algumas noites com amigos e parentes, então, no dia 9 de setembro, foi levado para a Martello Tower (Torre de Martello), por Oliver St. John Gogarty, que havia alugado a torre no dia 17 de agosto de 1904. (Ver também "The Tower: Fact and Fiction", de Oliver Gogarty, *Irish Times*, 16 de junho de 1962, p. 11.) Ficou acertado, como duas cartas de Gogarty para G.N.A.Bell, datadas de julho de 1904 esclarecem, que Joyce deveria fazer a limpeza da torrre em troca de cama e (provavelmente) alimentação; assim ele estaria em condições de finalizar seu romance em mais ou menos um ano. (*The Times I've Seen: Oliver St. John Gogarty* [Nova York, 1964], p. 82, de Ulick O'Connor.) Além desse companheiro e ajudante, Gogarty teve um outro hóspede na torre, Samuel Chenevix Trench, que se chamava a si mesmo de Diarmuid Trench. No primeiro episódio de *Ulysses* Joyce usou a torre como cenário e transformou Gogarty em modelo principal para Mulligan e Trench em modelo principal para Haines.

assim é, considerando a minha atitude em relação a você, me desonrar. Deus do céu, você é uma mulher e pode entender o que te digo! Sei que você se comportou comigo com grande nobreza e generosidade mas tente responder à minha franqueza com a mesma franqueza. Sobretudo não vá ficar cismando pois isso poderá te deixar doente e você sabe o quanto a tua saúde é delicada. Talvez você seja capaz de me enviar uma linha esta noite dizendo que você me perdoa por toda a dor que eu te causei.

JIM

16 de setembro de 1904   103 North Strand Road, Fairview[1]

Queridíssima Nora — Escrever cartas está se tornando algo quase impossível entre nós dois. Como detesto essas frias palavras escritas! Pensei que não me importaria se não te visse hoje mas sinto que as horas estão demorando muito a passar. Minha mente parece estar completamente vazia agora. Quando te esperava na noite passada eu estava muito mais agitado. Parecia que eu lutava por você contra todas as forças religiosas e sociais na Irlanda e que não podia confiar em mais ninguém exceto em mim mesmo. Não há vida aqui — nenhuma naturalidade ou honestidade. As pessoas moram juntas nas mesmas casas a vida toda e no final estão tão isoladas umas das outras como sempre. Você tem certeza de que não vai me interpretar mal? Saiba que responderei honesta e sinceramente a qualquer pergunta que você me faça. Mas se você não tem nada para me perguntar eu também entenderei. O fato de que você possa escolher ficar assim ao meu lado nesta vida arriscada me deixa muito orgulhoso e feliz. Espero que você não vá romper com todo o passado hoje. Talvez você consiga abrandar a morosidade de amanhã de manhã permitindo-me receber uma carta. Só faz uma semana, você disse, que tivemos aquela nossa famosa conversa sobre as cartas, mas não é através dessas coisas que nós temos nos aproximado tanto um do outro? Permita-me, Nora querida, dizer o quanto desejo que você possa compartilhar qualquer alegria que eu venha a ter e declarar o profundo respeito por esse amor que desejo merecer e ao qual desejo corresponder.

JIM

---

[1] Casa de seus tios William (1858-1912) e Josephine Murray (1862-1924), onde Joyce, antes de voltar à casa paterna, passou alguns dias logo após ter deixado Martello Tower. O casal vivia neste endereço em Fairview, uma parte de Dublin.

19 de setembro de 1904   103 North Strand Road, Fairview

 Carissima Foi só depois de eu ter te deixado que percebi a conexão entre a minha questão "Seu pessoal é gente de posse?" e o seu desconforto posterior. Meu objetivo, no entanto, era descobrir se comigo você seria privada do conforto a que estava acostumada em casa. Depois de pensar um pouco descobri a resposta para a sua outra pergunta — você se perguntava se eu deveria morar no colégio ou não. Dormi muito, muito mal na noite passada, acordando quatro vezes. Você me pergunta por que eu não te amo, mas realmente você tem de acreditar que te quero muito e se desejar possuir totalmente uma pessoa, admirar e honrar essa pessoa profundamente e buscar garantir a sua felicidade em todos os sentidos é "amar" então a minha afeição por você talvez seja um tipo de amor. Vou te dizer isto que a tua alma me parece a mais bela e a mais simples do mundo e que deve ser porque estou consciente disso quando te olho que o meu amor ou a minha afeição por você perde muito da sua violência.

 Quero te dizer que se você tiver a menor suspeita de qualquer ação da parte do teu pessoal você deve deixar o Hotel imediatamente e me mandar um telegrama (para *este* endereço) me dizendo onde posso te ver. Naturalmente teu pessoal não pode te impedir de ir se é o teu desejo mas eles podem tornar as coisas desagradáveis para você. Hoje tenho de encontrar meu pai e ficarei provavelmente na casa dele até eu deixar a Irlanda assim se você escrever escreva para lá. O endereço é 7 S. Peter's Terrace, Cabra, Dublin. Adeus então, querida Nora, até amanhã à noite.

JIM

[26 de setembro de 1904][1]

7 S. Peter's Terrace, Cabra, Dublin

Minha queridíssima Nora   Preciso te dizer como me sinto infeliz desde a noite passada. Com o meu jeito habitual de encarar as coisas pensava que tinha um resfriado mas tenho certeza de que é mais do que uma indisposição física. Como poucas palavras são necessárias entre nós! Parecemos nos conhecer muito mesmo sem dizer quase nada há horas. Me pergunto muitas vezes se você realmente se dá conta daquilo que estamos prestes a fazer. Penso tão pouco em mim mesmo quando estou contigo que eu muitas vezes duvido que você se dê conta disso. Tua simples lembrança me faz mergulhar numa espécie de vaga sonolência. Nos últimos tempos a energia necessária para manter uma conversa parece ter me abandonado e caio constantemente em silêncio. De certo modo me parece uma pena que nós não nos falemos mais um com o outro e contudo sei como é inútil eu recriminar um de nós dois pois sei que quando me encontrar contigo da próxima vez nossos lábios ficarão mudos. Já começo como vê a falar demais nesta carta. E no entanto por que eu deveria ter vergonha das palavras? Por que não deveria te chamar como continuamente te chamo no meu coração? O que é que me impede a menos que nenhuma palavra seja delicada o suficiente para ser teu nome?[2]

JIM

Escreva se tiver tempo.

---

[1] A referência ao resfriado de Joyce, nesta carta, e numa carta de Nora de 26 de setembro, torna essa data bastante aceitável.
[2] Em "Os mortos", Gabriel Conroy se recorda de ter escrito a Gretta antes de se casarem: "Por que é que palavras como estas me parecem tão tolas e frias? É por que não há palavra delicada o bastante para ser o teu nome?".

29 de setembro de 1904 Festa de São Miguel
7 S. Peter's Terrace, Cabra, Dublin

Minha queridíssima Nora   Escrevi àquele pessoal de Londres comunicando que *você* estava disposta a aceitar a oferta[1] deles. Não me agrada a ideia de Londres e estou certo de que não te agradará também mas por outro lado está no caminho de Paris e talvez seja melhor do que Amsterdã. Além disso posso ter alguns assuntos para tratar em Londres que posso resolver melhor pessoalmente. Todavia sinto muito que tenhamos que começar em Londres. Talvez eu me mande diretamente para Paris, espero que sim.

Estive falando em seguida com o sr. Cosgrave e descobri que sem querer eu o tinha enganado. Parece que ele acreditou em tudo aquilo que ele te disse. Por conseguinte eu não lhe transmiti a tua advertência sobre o modo como ele mantém a cabeça. O sr. Cosgrave é o que se chama de um homem "íntegro" e sempre olha as coisas do ponto de vista mais sensato.

Às vezes esta nossa aventura me dá a impressão de ser quase divertida. Eu me divirto só de pensar no efeito que essa notícia produzirá no meu círculo. De qualquer modo, quando estivermos bem instalados no Quartier Latin eles poderão falar o quanto quiserem.

Não gosto da perspectiva de passar o dia de hoje sem te ver — a última noite conta pouco. Espero que você esteja mais alegre agora que o navio toca sua sirene para nós. Você me pediu que te escrevesse uma longa carta mas realmente eu odeio escrever — é uma maneira tão insatisfatória de dizer as coisas. Ao mesmo tempo não vá se esquecer que espero que me escreva se for possível. Constato agora lendo esta carta que não disse nada.

---

[1] Obviamente uma oferta de emprego, talvez da Berlitz School em Londres.

Ainda assim eu posso enviá-la já que ela pode aliviar o tédio desta tarde.

    O sol aqui brilha friamente através das árvores do jardim. Na capela o senhor acabou de tocar o Angelus. Meu irmão sorri para mim do outro lado da mesa. Agora se puder imagine a minha figura. Adieu donc, ma chérie,

JIM

POLA, ROMA, TRIESTE
1904-1912

[? dezembro de 1904]   Caffé Miramar, Pola, Áustria

    Querida Nora   Pelo amor de Deus não deixe que sejamos infelizes esta noite. Se algo não está bem por favor me conte. Já estou começando a tremer e se logo mais você não me olhar como antes terei de correr de um lado para outro no café. Nada que você possa fazer me chateará esta noite. Nada me fará sentir infeliz. Quando formos para casa vou te beijar cem vezes. Aquele sujeito[1] te irritou ou fui eu que te irritei ficando por aí?

JIM

---

[1] Possivelmente Eyers, também professor de inglês da Berlitz School.

Carimbo do correio de 29 de julho de 1909
44 Fontenoy Street, Dublin

Chegamos aqui sãos e salvos esta noite.[1]

A primeira coisa que vi no píer de Kingstown foram as costas gordas de Gogarty mas evitei contato com ele.

Todos estão encantados com Georgie, especialmente Pappie.

Escreva a uma das garotas para dar instrução sobre ele.

Lembranças para a Lucia.

JIM

---

[1] Joyce e seu filho Georgie foram a Dublin no final de julho de 1909 e permaneceram lá até 9 de setembro.

6 de agosto de 1909   44 Fontenoy Street, Dublin

Nora   Não irei a Galway nem o Georgie irá.

Vou desistir do negócio que vim fazer aqui e que poderia melhorar a minha situação.

Fui sincero em tudo o que te disse sobre mim. Mas você não o foi comigo.

Na época em que eu costumava te encontrar na esquina da Merrion Square e passeava contigo e sentia a tua mão me tocar no escuro e ouvia a tua voz (Oh, Nora! Nunca mais ouvirei outra vez essa música porque nunca mais poderei acreditar) na época em que eu costumava te encontrar, *noite sim noite não* você tinha um encontro com um dos meus amigos diante do Museu, você ia com ele ao longo das mesmas ruas, seguindo o canal, passando pela "casa de um andar", até a margem do Dodder. Você ficava com ele: ele te abraçava e você levantava o rosto e o beijava. O que mais vocês fizeram juntos? E na noite seguinte você *me* encontrava!

Ouvi isso há apenas uma hora dos seus próprios lábios.[1] Meus olhos vertem lágrimas, lágrimas de tristeza e mortificação. Meu coração está cheio de mágoa e desespero. Não vejo mais nada senão teu rosto voltado para encontrar o outro. Oh, Nora, tenha pena de mim pelo que estou sofrendo agora. Chorarei por vários dias. Minha fé nesse rosto que eu amava foi destruída. Oh, Nora, Nora, tenha pena do meu pobre amor desgraçado. Não posso te chamar com nenhum nome querido pois esta noite aprendi que o único ser em quem eu acreditava não me era fiel.

Oh Nora está tudo acabado entre nós?

Escreva-me, Nora, em consideração ao meu amor morto. Estou sendo torturado pelas lembranças.

---

1 Vincent Cosgrave fez uma acusação falsa, como Joyce soube mais tarde.

Escreva-me, Nora, só amei você: e você destruiu a minha fé em você.

Oh, Nora, estou tão infeliz. Estou chorando pelo meu pobre e infeliz amor.

Escreva-me, Nora.

JIM

7 de agosto de 1909   44 Fontenoy Street, Dublin

São seis e meia da manhã e estou escrevendo no frio. Mal dormi a noite toda.

Georgie é meu filho? A primeira noite que dormi contigo em Zurique foi em 11 de outubro e ele nasceu em 27 de julho. São nove meses e dezesseis dias. Me lembro que naquela noite houve muito pouco sangue. Você fez com alguém antes de mim? Você me falou o nome de um senhor chamado Holohan (um bom católico, é claro, que cumpria suas obrigações pascais regularmente) queria trepar contigo quando você estava naquele hotel, usando o que eles chamam de "camisa de vênus". Ele fez isso? Ou você permitiu apenas que ele te acariciasse e te tocasse com as mãos?

Diga-me. Quando você estava naquele campo perto do Dodder (nas noites em que eu *não* estava lá) com aquele outro (um "amigo" meu) você ficava deitada quando o beijava? Você colocou a sua mão nele como você fazia comigo no escuro e lhe disse como disse a mim "O que é isso, querido?" Um dia andei para cima e para baixo pelas ruas de Dublin ouvindo apenas essas palavras, repetindo-as sem cessar para mim mesmo e me detendo para escutar melhor a voz do meu amor.

O que vai ser do meu amor agora? Como vou afugentar o rosto que se colocará agora entre os nossos lábios? Noite sim noite não nas mesmas ruas!

Fui um bobo. Acreditei sempre que você só se entregava a mim e você partilhava o seu corpo entre mim e o outro. Aqui em Dublin circula o boato de que eu peguei a sobra dos outros. Devem rir quando me veem exibindo o *"meu"* filho nas ruas.

Oh Nora! Nora! Nora! Falo agora com a moça que amei, que tinha cabelos castanhos-avermelhados e veio até mim e me prendeu tão facilmente em seus braços e fez de mim um homem.

Partirei para Trieste tão logo Stannie me mande o dinheiro, e então veremos o que é melhor fazer.

Oh, Nora, ainda há alguma esperança de felicidade para mim? Ou a minha vida vai ser destruída? Dizem aqui que estou definhando. Se eu pudesse esquecer os meus livros e os meus filhos e esquecer que a moça que eu amei me traiu e me lembrar dela somente como a vi com os olhos do meu amor juvenil deixaria esta vida contente. Como me sinto velho e miserável!

JIM

19 de agosto de 1909   44 Fontenoy Street, Dublin

Minha querida   Estou terrivelmente preocupado pois você ainda não me escreveu. Está doente?

Falei desse assunto com um velho amigo meu, Byrne, e ele te defendeu esplendidamente e diz que tudo é uma "mentira deslavada".

Que tipo inútil eu sou! Mas depois disso serei digno do teu amor, queridinha.

Hoje te enviei três grandes pacotes de cacau. Me diz se chegaram bem.

Minha irmã Poppie parte amanhã.

Hoje assinei um contrato para a publicação de *Dublinenses*.

Peça desculpa em meu nome ao Stannie por não lhe ter escrito.

Minha doce nobre Nora, peço-te que perdoe minha conduta desprezível mas eles me enlouqueceram, querida juntos os dois.[1] Iremos destruir o seu covarde plano, meu amor. Perdoe-me, querida, sim?

Só me diga uma palavra, queridinha, uma palavra para desmentir tudo e Oh serei arrebatado em êxtase de felicidade!

Você está bem, minha querida? Você não está aborrecida, está? Não leia mais aquelas cartas horríveis que eu escrevi. Estava fora de mim naquele momento.

Devo fazer todo o caminho até o correio-geral para enviar esta carta pois o correio daqui já passou: é mais de uma da manhã.

Boa noite "meu benzinho"!

Nenhum homem, creio, jamais será merecedor do amor de uma mulher.

---

[1] Byrne sugeriu a Joyce que Cosgrave estava mancomunado com Gogarty para desmanchar o seu casamento.

Minha querida, perdoe-me. Eu te amo e por isso fiquei tão enlouquecido só de pensar em você e naquele vulgar e infame desgraçado.

Nora querida, te peço perdão humildemente. Abrace-me outra vez. Me faça digno de ti.

Ainda serei vencedor e então você estará do meu lado.

Boa-noite "minha queridinha" "meu benzinho". Toda uma vida se abre para nós agora. Isto foi uma experiência amarga e nosso amor agora será mais doce.

    Me dê teus lábios, meu amor.
    "Meu beijo trará paz agora
    E calma ao teu coração.
    Durma em paz agora,
    Ó tu, coração aflito"[2]

JIM

---

[2] Cf. *Chamber Music*, xxxiv. *My kiss will give peace now / And quiet to your heart. / Sleep on in peace now, / O you unquiet heart.*

21 de agosto de 1909   44 Fontenoy Street, Dublin

    Minha Norinha Eu *acho* que você está apaixonada por mim, não está? Gosto de pensar que você está lendo os meus versos (embora você tenha levado cinco anos para descobri--los). Quando os escrevi eu era um rapaz estranho e solitário, que perambulava sozinho à noite e pensava que algum dia uma garota me amaria. Mas nunca pude falar com as garotas que eu encontrava nas famílias. Seus modos hipócritas me continham imediatamente. Então você veio até mim. De certa maneira você não era a garota com quem eu havia sonhado e para quem escrevi os versos que você acha agora tão encantadores. Ela era talvez (tal como a vi em minha imaginação) uma moça cuja beleza grave e curiosa foi modelada pela cultura de gerações que a precederam, a mulher para quem escrevi poemas como "Gentil senhora" ou "Inclinaste-te na concha da noite"[1]. Mas então vi que a beleza da tua alma eclipsava aquela dos meus versos. Havia algo em você mais elevado do que tudo o que pus neles. E por essa razão o livro de versos é então para você. Ele contém o desejo da minha juventude e você, querida, foi a realização desse desejo.

    Fui cruel contigo? De uma crueldade ao menos não sou culpado. Não matei o amor caloroso, impulsivo e vivificante da tua rica natureza. Benzinho, olhe agora para as profundezas do teu próprio coração e diga que vivendo ao meu lado você não o sentiu envelhecer e endurecer. Não, você é capaz agora de sentimentos mais delicados e profundos do que antes. Diga--me, minha Norinha, que minha companhia foi boa para ti e eu te direi francamente tudo o que a sua companhia significou para mim.

---

[1] Respectivamente, poemas XXVIII e XXVI de *Música de câmara* (tradução de Alípio Correia de Franca Neto, São Paulo: Iluminuras, 1998).

Você conhece a pérola e a opala? Quando você se aproximou de mim pela primeira vez através daquelas doces tardes de verão a minha alma era bela mas com a pálida e desapaixonada beleza de uma pérola. Teu amor me atravessou e agora sinto que a minha alma é algo assim como uma opala, isto é, cheia de matizes e de cores estranhamente variáveis, de luzes quentes e de sombras sutis e de música intermitente.

Estou muito preocupado, Nora querida, sobre como irei juntar dinheiro para levar comigo Eva[2] e para pagar a minha própria passagem e também para ir a Galway ver o teu pessoal. Escrevi hoje à tua mãe mas realmente não desejo ir. Eles falarão de você e de coisas que desconheço. Temo até mesmo que me mostrem uma foto tua ainda garotinha pois pensarei "Eu não a conhecia então nem ela me conhecia. Pela manhã quando ia à missa ela às vezes olhava demoradamente para algum menino ao longo do caminho. Olhava para outros e não para a mim."

Minha querida, te pedirei que seja paciente comigo. Tenho um ciúme absurdo do passado.

Seja feliz, minha singela Nora, até o meu regresso. Diga a Stannie que me mande todo o dinheiro e rapidamente para que nós possamos nos encontrar logo. Você se lembra do dia em que eu te perguntei casualmente "Onde te encontrarei esta noite?" e você disse sem pensar "Onde você me encontrará, é? Me encontrará na cama, eu suponho."

Magari! magari![3]

JIM

---

[2] Eva Mary Joyce foi a oitava criança da família de John Stanislaus Joyce, nasceu em 26 de outubro de 1891 e morreu em 25 de novembro de 1957.

[3] Expressão italiana, que significa: "Quisera que fosse assim".

22 de agosto de 1909   44 Fontenoy Street, Dublin

Meu amor   Como estou farto, farto, farto de Dublin! É a cidade do fracasso, do rancor e da infelicidade. Eu anseio sair daqui.

Sempre penso em você. Ir para a cama à noite é um tipo de tortura para mim. Não escreverei nesta página o que me passa pela cabeça, a própria loucura do desejo. Eu te vejo em centenas de poses, grotesca, indecente, virginal, lânguida. Entregue-se a mim, queridinha, toda, toda quando nos encontrarmos. Tudo o que é sagrado, oculto aos outros, você deve me entregar livremente. Quero ser o senhor do teu corpo e da tua alma.

Há uma carta que não ouso ser o primeiro a escrever e entretanto espero todos os dias que você a escreva para mim. Uma carta para os meus olhos somente. Talvez você a escreva para mim e talvez ela acalme a agonia do meu desejo.

O que pode suceder agora entre nós? Nós sofremos e fomos colocados à prova. Todos os véus de vergonha ou desconfiança parecem ter caído. Não veremos nos olhos um do outro as horas e horas de felicidade que nos aguardam?

Enfeite seu corpo para mim, queridinha. Esteja bela e feliz e amorosa e provocante, cheia de lembranças, cheia de desejos ardentes, quando nos encontrarmos. Você se lembra dos três adjetivos que usei em *Os mortos*[1] ao falar do teu corpo. Eram estes: "musical, estranho e perfumado".

O ciúme ainda está consumindo o meu coração. Teu amor por mim precisa ser ardente e violento para me fazer esquecer *completamente*.

Não me deixe perder jamais esse amor que te tenho agora, Nora. Se pudermos seguir dessa maneira juntos na vida

---

[1] "The Dead", conto longo que integra o volume *Dublinenses*.

poderemos ser muito felizes. Deixe-me te amar, Nora. Não mate o meu amor.

Estou levando um presentinho para você. Foi inteiramente ideia minha e tive enormes dificuldades para mandar fazê-lo como eu queria. Mas ele sempre te fará lembrar desta época.

Escreva-me, minha queridinha, e pense em mim.

O que é uma semana ou dez dias comparados a todo o tempo de alegria que nos espera!

JIM

(Cartão ilustrado[1])
26 de agosto de 1909   4 Bowling Green, Galway

Minha querida Norinha fujona   Estou te escrevendo esta sentado à mesa da cozinha da casa da tua mãe!! Passei aqui todo o dia conversando com ela e vejo que ela é a mãe da minha querida e gosto muito dela. Ela cantou para mim *The Lass of Aughrim*[2] ("A moça de Aughrim") mas não quis cantar os últimos versos nos quais os amantes trocam suas provas. Ficarei em Galway esta noite.

Como a vida é estranha, não é, meu amor? Pensar que estou aqui! Passei pela casa da rua Augustine onde você viveu com sua avó e amanhã pela manhã irei visitá-la sob o pretexto de que desejo comprá-la para ver o quarto onde você dormia.

Pedi fotos tuas quando garotinha mas eles não têm nenhuma.

Quem sabe, querida, se no próximo ano não poderemos vir juntos aqui. Você me levará de um lugar para outro e a imagem da tua juventude purificará de novo a minha vida.

JIM

---

[1] Imagens de diferentes lugares de Galway.
[2] Joyce ouviu pela primeira vez essa balada, ou parte dela, na voz de Nora Joyce. Ficou tão impressionado que o final do seu conto "The Dead" ("Os mortos") gira em torno dela. A letra fala de uma mulher que foi seduzida e abandonada por um lorde. Ela vem na chuva, com o bebê nos braços, lhe implorar para ser admitida em sua casa. Três das estrofes da balada dizem mais ou menos o seguinte: "Se você é mesmo a moça de Aughrim / Como imagino que seja / Me diga a primeira prova / Que trocamos entre nós. // Oh, você não se lembra / Dessa noite na pobre colina / Quando nós nos encontramos / O que lamento ter agora de contar. // A chuva cai nos meus cachos louros / E o sereno molha minha pele; / Meu bebê jaz nos meus braços; / Lorde Gregory, deixe-me entrar."
Donagh MacDonagh mostrou que se trata de uma variante de "The Lass of Roch Royal", n. 76, in F.J. Child, *The English and Scottish Popular Ballads* (Nova York, 1957), II, pp. 213-26.

31 de agosto de 1909   44 Fontenoy Street, Dublin

    Minha querida   São quase duas horas da manhã. Minhas mãos estão tremendo de frio pois tive que sair de casa para pegar minhas irmãs numa festa: e agora preciso ir até o correio-geral. Mas não quero que meu amor fique sem sua carta esta manhã.

    O adorno que fiz especialmente para você está agora seguro no meu bolso. Eu o mostro a todo mundo assim todos devem saber que te amo, Nora querida, e que penso em ti, querida, e desejo te honrar.

    Uma hora atrás eu estava cantando a tua canção *The Lass of Aughrim* ("A moça de Aughrim"). Meus olhos se enchem de lágrimas e minha voz treme de emoção quando canto essa ária encantadora. Valeu a pena ter vindo à Irlanda para aprendê-la com sua pobre e amável mãe — de quem gosto *muito*, Nora querida.

    Talvez seja na arte, Nora queridinha, que você e eu encontremos um conforto para o nosso amor. Eu gostaria de te ver cercada por tudo que é fino e belo e nobre em arte. Você não é, como diz, uma pobre moça sem educação. Você é a minha noiva, querida, e quero te dar todo o prazer e toda a alegria nesta vida que eu puder.

    Nora querida, não deixe que o nosso amor como ele é hoje termine nunca. Agora você compreende o teu estranho amante errante teimoso ciumento, não é, querida? Você tentará suportar todos os seus humores vagabundos, não vai, queridinha? Ele te ama, acredite sempre nisso. Ele nunca sentiu uma partícula de amor por outra pessoa. Foi você quem abriu um profundo abismo na sua vida.

    Qualquer palavra vulgar numa conversa agora me ofende pois sinto que ela te ofenderia. Quando eu te cortejava (e você só tinha dezenove anos, querida, como gosto de pensar nisso!)

acontecia o mesmo. Você tem sido para a minha jovem virilidade o que a ideia da Virgem Abençoada foi para a minha meninice.

Oh diga-me, meu doce amor, que você está satisfeita comigo agora. Uma palavra elogiosa sua me enche de alegria, a delicada alegria de uma rosa.[1]

Nossos filhos (como eu os quero) <u>não podem</u> se interpor entre nós dois. Se são bons e de natureza nobre é por *nossa* causa, querida. Nós nos encontramos e unimos os nossos corpos e as nossas almas livre e nobremente e os nossos filhos são os frutos dos nossos corpos.

Boa-noite, minha menininha querida, minha noivinha de Galway, meu suave amor da Irlanda.

Como eu gostaria de te surpreender dormindo agora! Tem um lugar em você que eu gostaria de beijar agora, um lugar *estranho*, Nora. <u>Não</u> nos lábios, Nora. Você sabe onde?

Boa-noite, amada!

JIM

---

[1] A comparação reaparece em *Retrato do artista quando jovem*.

2 de [setembro] de 1909[1]   44 Fontenoy Street, Dublin

    Querida Nora   Não recebi nenhuma carta tua hoje e espero que você não tenha endereçado nenhuma carta a Galway. Esqueci de te dizer isso.
    Estou num miserável estado de confusão e abatimento por ter feito o que te disse. Quando acordei esta manhã e me lembrei da carta que te escrevi ontem à noite[2] me senti desgostoso comigo mesmo. Porém, se você ler todas as minhas cartas desde o começo você será capaz de ter uma ideia do que sinto por você.
    Não aproveitei um só dia das minhas férias. Tua mãe percebeu meu hábito de suspirar e disse que isso partiria o meu coração. Suponho que isso deva ser ruim para mim.
    Espero que você tome esse cacau todos dias e que isso te deixe *um pouco* mais robusta. Suponho que você saiba por que espero isso.
    Estou muitíssimo preocupado contigo, comigo mesmo, com a viagem de retorno e com Eva. Espero que Stannie me envie o suficiente para nós dois.
    Dublin é uma cidade detestável e as pessoas me parecem muito repulsivas. Não consigo comer nada de tão agitado.
    Quando essa coisa maldita vai terminar? Quando vou me mexer? Minha cabeça está oca. Não consigo te escrever nada esta noite.
    Nora, meu "verdadeiro amor", você tem realmente que me levar pela mão. Por que você me permitiu chegar a este estado? Queridinha, você me aceitará como sou com os meus pecados e as minhas loucuras e vai me proteger da miséria. Se você não me aceitar sinto que minha vida se fará em pedaços. Esta noite tenho

---

[1] Joyce datou a carta erroneamente: 2 de outubro de 1909.
[2] Essa carta se perdeu.

uma ideia mais louca do que o habitual. Sinto que gostaria de ser açoitado por você. Gostaria de ver teus olhos ardendo de ódio.

Me pergunto se não estou um pouco louco. Ou o amor é loucura? Em certos momentos te vejo como uma virgem ou madona, em outros te vejo desavergonhada, insolente, seminua e obscena! O que você acha de mim afinal? Está aborrecida comigo?

Lembro da primeira noite em Pola quando no tumulto dos nossos abraços você usou uma certa palavra. Era uma palavra provocante, convidativa e posso ver teu rosto sobre mim (você estava *sobre* mim naquela noite) enquanto você a murmurava. Havia loucura nos *teus* olhos também e quanto a mim ainda que o inferno estivesse me esperando depois eu não teria podido deixar de te abraçar.

Então você é também como eu, num momento no alto como as estrelas, no outro mais baixa do que os mais baixos patifes?

Tenho *enorme* confiança no poder de uma alma simples e nobre. Você é assim, não é, Nora?

Quero que você diga para si mesma: Jim, esse pobre rapaz que eu amo, está voltando. É um pobre homem fraco e impulsivo e me pede que eu o defenda e o torne mais forte.

Dei a outros o meu orgulho e a minha alegria. Para você eu dou o meu pecado, a minha loucura, a minha fraqueza e a minha tristeza.

JIM

3 de setembro de 1909   44 Fontenoy Street, Dublin

Meu grande amor   Teu presente está à minha frente na mesa enquanto eu escrevo, já pronto. Agora vou descrevê-lo para você. É uma caixa quadrada lisa de couro marrom com duas estreitas bordas douradas. Quando você aperta uma mola ela se abre e o seu interior está forrado com suave seda alaranjada. Um cartãozinho quadrado encontra-se na caixa e no cartão está escrito em letras douradas o nome *Nora* e abaixo dele as datas *1904-1909*. Debaixo do cartão está o adorno propriamente dito. Há cinco cubinhos como dados (um para cada ano que passamos fora) feitos de um marfim amarelado que tem mais de cem anos. Eles foram perfurados e estão ligados entre si por fina corrente de ouro cujos elos são como alfinetinhos assim o conjunto forma um colar e o gancho está atrás junto ao dado do meio. À frente no centro da corrente e fazendo parte dala (*não* pendurada nela como um pingente) há uma plaquinha também de marfim amarelado que está perfurada de um lado ao outro como os dados e é quase do tamanho de uma peça de dominó. Essa plaquinha tem uma inscrição dos dois lados com as letras gravadas. As letras foram selecionadas entre tipos antigos e seu estilo é o do século XIV e são muito bonitas e ornamentais. Há três palavras gravadas na parte da frente da plaquinha, duas em cima e uma embaixo, e na parte de trás há quatro palavras gravadas, duas em cima e duas embaixo. A inscrição (quando as duas partes são lidas) é a última linha de um dos primeiros poemas do meu livro de versos[1], um que foi musicado: e a linha está então gravada, três palavras na frente e quatro atrás. Na frente as palavras são *O amor é infeliz* e as palavras atrás são *Quando o Amor está longe*. Os cinco dados significam os cinco anos de provações e divergências,

---

[1] *Chamber Music*, IX.

e a plaquinha que une a corrente fala da estranha tristeza que sentimos e do nosso sofrimento quando estamos separados.

Esse é o meu presente, Nora. Pensei muito tempo nele e vi cada uma das suas partes ser feita do meu gosto.

Me salve, meu *grande* amor! Me salve da maldade do mundo e da maldade do meu próprio coração!

JIM

5 de setembro de 1909   44 Fontenoy Street, Dublin

    Minha querida menina   Amanhã à noite (terça-feira) se me for feita a transferência de dinheiro espero ir embora com Eva e Georgie.
    Agora tenho algumas novidades para você, minha querida. Meu bom amigo Kettle irá se casar na quarta-feira e esta noite tive uma conversa de quatro horas com ele. É o melhor amigo que tenho na Irlanda, acho eu, e ele me prestou grandes serviços aqui. Ele e a mulher irão a Trieste para passar um ou dois dias durante a sua lua-de-mel e estou certo de que você, minha querida, vai me ajudar a lhes dar um bom acolhimento. Coloque a casa em ordem e não deixe de verificar se o piano está fechado e se as tuas roupas estão de acordo. Peça ao carpinteiro que entregue aquela mesa e os bancos. Ele é um sujeito de muito bom coração e tenho certeza que você irá gostar da sua esposa. Infelizmente não tenho dinheiro nenhum para lhes dar um presente. Mas enviarei de Londres uma cópia de *Música de câmara*. Diga ao Stannie para levá-la ao meu encadernador e que ela fique exatamente igual àquela do Schott[1] e <u>imediatamente</u> assim ela estará pronta quando eles chegarem. Tentaremos recebê-los da melhor maneira possível e estou certo de que a minha bondosa menina ficará feliz em agradar duas pessoas que estão começando a vida juntas. Não é verdade, queridinha?
    E agora sobre nós dois. Minha querida, esta noite estive no Hotel Gresham e fui apresentado a aproximadamente vinte pessoas e para todas a mesma história foi contada: que serei o grande escritor do futuro no meu país. Tanto barulho e bajulação

---

[1] Provavelmente Enrico Schott, um patrono da música então vivendo em Trieste e amigo de Ettore Schmitz (Italo Svevo). Schott foi responsável por trazer Gustav Mahler a Trieste para reger concertos em 1904 e 1906. Talvez Joyce esperasse que Schott transformasse alguns poemas de *Chamber Music* em música.

ao meu redor me comoveu muito pouco. Pensei ouvir o meu país me chamar ou voltar para mim os seus olhos com esperança. Mas Oh, meu amor, eu pensava também em outra coisa. Pensava em alguém que me tinha na mão como um seixo, alguém cujo amor e cuja companhia ainda me ensinarão os segredos da vida. Pensei em você, minha querida, você é mais do que o mundo para mim.

Minha santa, meu anjo, me guie. Me conduza para a frente. <u>Tudo</u> o que é nobre e exaltado e profundo e verdadeiro e comovente no que escrevo vem, creio, de você. Oh me acolha na tua alma de almas e então me tornarei realmente o poeta da minha raça. Sinto isso, Nora, enquanto escrevo. Meu corpo em breve penetrará no teu, Oh se a minha alma também pudesse! Oh se eu pudesse me aninhar no teu ventre como uma criança nascida da tua carne e do teu sangue, ser alimentado pelo teu sangue, adormecer na cálida obscuridade secreta do teu corpo!

Meu amor sagrado, minha querida Nora, Oh pode ser que nós agora estejamos prestes a entrar no paraíso da nossa vida?

Oh, como desejo sentir o teu corpo confundido com o meu, ver você desfalecer e desfalecer e desfalecer sob os meus beijos!

Boa-noite, boa-noite, boa-noite!

JIM

7 de setembro de 1909   44 Fontenoy Street, Dublin

    Minha Nora caladinha   Passaram-se dias e dias sem uma carta tua mas imagino que você pensou que eu já tivesse partido. Partiremos amanhã à noite. No final da semana ou no domingo, espero, estaremos juntos.
    Agora, minha querida Nora, quero que você releia muitas vezes tudo o que te escrevi. Algumas passagens são feias, obscenas e bestiais, outras são puras e sagradas e espirituais: sou tudo isso. E penso que agora você sabe o que eu sinto por você. Você não vai mais brigar comigo, vai, querida? Você manterá o meu amor sempre vivo. Estou cansado esta noite, minha queridinha, e gostaria de dormir nos teus braços, não para fazer alguma coisa contigo mas só para dormir, dormir, dormir nos teus braços.
    Que férias! Não me diverti nem um pouco. Meus nervos estão num estado lastimável por causa de aflições de todo tipo. Você vai cuidar de mim quando eu voltar para casa?
    Espero que você beba esse cacau todos dias e espero que esse teu corpinho (ou melhor *certas* partes dele) fique um pouquinho mais cheio. Estou rindo neste momento enquanto penso nesses teus seinhos de menina. Você é uma pessoa ridícula, Nora! Lembre-se que você tem vinte e quatro anos e o teu filho mais velho tem quatro. Maldita seja, Nora, você precisa estar à altura da tua reputação e deixar de ser a menininha curiosa de Galway que você é e tornar-se plenamente uma mulher amorosa e feliz.
    E contudo como o meu coração se enternece quando penso nos teus ombros franzinos e nos teus membros de menina. Que tratante você é! Foi para parecer uma menina que você cortou os pelos entre as tuas pernas? Gostaria que você usasse roupas de baixo pretas. Gostaria que você estudasse como me dar prazer,

como provocar o meu desejo por você. E você seria, queridíssima, e nós seríamos felizes agora, eu sinto.

Como será longa a viagem de volta mas Oh como será glorioso o nosso primeiro beijo. Querida, não chore quando me vir. Quero ver teus olhos belos e brilhantes. O que você me dirá primeiro? Queria saber.

La nostra bella Trieste! Sempre disse isso com raiva mas esta noite sinto que é verdade. Quero muito ver as luzes brilhando ao longo da *riva* quando o trem passa diante de Miramar.[1] Afinal, Nora, é a cidade que nos acolheu. Retornei a ela exausto e sem dinheiro depois da minha loucura em Roma e agora retorno outra vez depois dessa ausência.

Você me ama, não ama? Agora você vai me acolher no teu seio e me proteger e talvez apiedar-se dos meus pecados e das minhas loucuras e conduzir-me como uma criança.

Quem dera o doce peito eu habitasse
(Tão belo ele é, tão doce e vero!)
E o vento rude nunca me rondasse...
Por causa do árido ar severo
Quem dera o doce peito eu habitasse.

Tivesse nesse coração morada
(De leve, bato, imploro à moça!)
É nele a paz me fosse partilhada...
Esse ar severo fora doce
Tivesse neste coração morada.[2]

JIM

---

[1] Miramar é um castelo de mármore branco perto de Trieste, construído pelo arquiduque Maximiliano em 1856.

[2] Tradução de Alípio Correia de Franca Nelo in *Música de câmara* (Iluminuras, 1998), VI. *I would in that sweet bosom be / (O sweet it is and fair it is!) / Where no rude wind might visit me. / Because of sad austerities / I would in that sweet bosom be. // I would be ever in that heart/ (O soft I knock and soft entreat her!)/ Where only peace might be my part./ Austerities were all the sweeter/ So I were ever in that heart.*

7 de setembro de 1909   44 Fontenoy Stree, Dublin

    Queridinha   Amanhã à noite iremos embora. No último momento arranjei tudo e Eva vem comigo. Prepare-se para nos receber.

    Tentei me lembrar do teu rosto mas só pude ver os teus olhos. Quero que você esteja o melhor possível quando eu voltar. Você tem roupas bonitas agora? Teu cabelo está com uma cor boa ou cheio de cinzas? Você não tem o direito de ficar feia e desmazelada na tua idade e agora espero que me dê o prazer de estar com bom aspecto.

    Fico excitado o dia todo. O amor é uma amolação dos diabos especialmente quando unido a desejo ardente. É extremamente irritante pensar que neste momento você está deitada esperando por mim no outro extremo da Europa enquanto eu estou aqui. Agora *não* estou de *bom* humor.

    Deixe-me falar do teu presente. Você gosta da ideia? Ou você acha que é maluca como eu mesmo? Por acaso a tua mãe ou irmã te escreveram falando de mim? Sou inclinado a achar que elas gostaram de mim. Que tolo sou te perguntando coisas que você não tem tempo de responder!

    Conserve o piano e consiga uma cama de armar para a Eva e o Georgie. Não descuide de preparar para nós um bom jantar quente ou uma sopa ou um café da manhã quando chegarmos. Você fará isso, não vai? Você me fará sentir desde o primeiro momento em que eu puser os pés na nossa casa que serei feliz em todos os sentidos. Não comece a me falar das nossas dívidas. Querida, te pedirei para ser tão amável comigo quanto possível pois estou terrivelmente ansioso por causa de todas as preocupações e *pensieri* que tenho tido, muito muito ansioso realmente. Que estranho vai ser quando finalmente te vir diante de mim. Pensar que você está esperando, esperando a minha volta!

Espero que você goste da minha irmã Eva. As pessoas dizem que é imprudente trazer uma irmã para a nossa casa mas você me pediu isso, querida. Você vai ser amável com ela, tenho certeza, minha bondosa Norinha. E talvez dentro de dois anos a tua irmã Dilly possa ficar conosco alguns meses.

Minha querida, tenho muitas coisas para te contar e vou te contar tudo cada noite quando não estivermos fazendo outras coisas. Que momento esse, minha adorada! Uma breve loucura ou o paraíso. Sei que perco a razão enquanto dura esse instante. No começo como você foi fria, Nora, se lembra? Você é uma pessoinha estranha. E às vezes você é realmente *muito* quente.

Assuma a aparência de ter dinheiro quando eu chegar. Você vai me fazer um delicioso café preto numa linda xicrinha? Pergunte àquela garota choramingona, a Globocnik, como fazer isso. Faça uma boa salada, fará isso? Outra coisa não traga cebolas e alho para dentro de casa. Você vai pensar que estou esperando um filho. Não é isso mas não sei o que fazer de tão perturbado e excitado que estou.

Minha querida, querida, querida Norinha boa-noite por hoje. Eu te escrevi todas as noites. Agora não estou *tão* mal: e estou te levando o meu presente. Oh, Senhor, como estou excitado!

JIM

20 de outubro de 1909 [Paris]
[Sem saudação]

Cheguei aqui hoje e sigo para Londres esta noite.[1] Diga ao Stannie para falar com *Latzer*[2] Via Veneziani, 2, IIo. a quem eu escrevi dizendo que o meu irmão poderia dar aulas na minha ausência. Corro para pegar o trem e temo perdê-lo. Não te aflijas.

JIM

---

[1] Joyce estava retornando a Dublin, desta vez sozinho, para abrir o primeiro cinema da cidade, o Cinematógrafo Volta. Seus sócios de Trieste iriam encontrá-lo assim que ele concluísse os acordos preliminares.

[2] Possivelmente Paolo Latzer (1892-1956), cuja família havia vindo a Trieste de Graz, alguns anos antes.

[? 25 de outubro de 1909]   44 Fontenoy Street, Dublin

Minha pobre e solitária Norinha   Fiquei todos esses dias sem te escrever porque um pouquinho antes de eu deixar Trieste você me chamou de imbecil porque cheguei em casa tarde depois de ter estado tão ocupado o dia inteiro. Mas agora eu sinto muito, Nora. <u>Por favor</u>, Nora, não diga mais essas coisas para mim. Você sabe que eu te amo. Ocupado como estou desde que cheguei me pergunto todos os dias quais presentes posso te levar. Estou tentando te comprar um esplêndido conjunto de peles de zibelina, capa, estola e regalo. Você gostaria disso?

Tenho a impressão de que o meu dia aqui é todo desperdiçado entre pessoas vulgares de Dublin que odeio e desprezo. Meu único consolo é falar de você para as minhas irmãs sempre que posso como eu costumava fazer com a tua irmã Dilly. É muito cruel estarmos separados. Você pensa agora nas palavras do teu colar de marfim? Desta vez tenho sempre três imagens distintas de você no meu coração. A primeira, tal como te vi no instante em que cheguei. Vejo-te no corredor, com ar juvenil e jeito de mocinha com o teu vestido cinza e a blusa azul e ouço o teu estranho grito de boas-vindas. A segunda, vejo-te tal como você se aproximou de mim naquela noite em que eu estava estendido adormecido na cama, o teu cabelo solto e as listas azuis em tua camisa. Finalmente, vejo-te na plataforma da estação logo depois de ter me despedido, virando um pouco a tua cabeça de aflição com um estranho gesto de desamparo.

Você querida mocinha estranha! E agora você me escreve para perguntar se não estou cansado de você! Nunca me cansarei de você, queridinha, se você for um *pouco* mais delicada. Não posso te escrever tão frequentemente desta vez pois [estou] terrivelmente ocupado da manhã à noite. Não se inquiete, querida. Se você se inquietar você arruinará minhas chances de fazer alguma coisa. Depois disto eu espero que tenhamos muitos muitos muitos longos anos de felicidade juntos.

Minha querida fiel boa Norinha não me escreva de novo duvidando de mim. Você é o meu único amor. Você me domina completamente. Eu *sei* e *sinto* que se eu vier a escrever algo de belo e nobre será somente escutando as portas do teu coração.

Que belas conversas tivemos juntos desta vez, não foi, Nora? Bem, teremos outras, querida. Coraggio! Por favor escreva-me uma bonita carta, querida, e me diga que você está feliz.

Diga para o meu lindo filhinho que irei beijá-lo uma noite dessas quando ele estiver profundamente adormecido e que ele não se preocupe comigo e que espero que ele esteja melhor e diga para a minha filha divertida que eu iria lhe mandar uma boneca mas que "l'uomo non ha messo la testa ancora".[1]

Agora, minha esplêndia mocinha mau-humorada mal-educada, prometa-me não chorar mas me dar coragem para levar avante o meu trabalho aqui. Espero que você vá ver Madame Butterfly e pense em mim quando escutar as palavras "Un bel di".[2]

JIM

Guarde minhas cartas para você, querida. Foram escritas para você.

---

[1] O homem ainda não colocou a cabeça.
[2] "Um belo dia" (Pucini, *Madame Butterfly*, ato II).

27 de outubro de 1909   44 Fontenoy Street, Dublin

Minha querida   Esta noite a velha febre de amor voltou a arder em mim. Sou uma casca de homem: a minha alma está em Trieste. Só você me conhece e me ama. Fui ao teatro com meu pai e minha irmã — uma peça lamentável,[1] um público repugnante. Me senti (como sempre) um estrangeiro em meu próprio país. Contudo, se você estivesse do teu [sic] lado eu teria podido falar ao teu ouvido do ódio e do desprezo que eu senti arder em meu coração. Talvez você tivesse me repreendido mas também teria me compreendido. Senti orgulho de pensar que meu filho — meu e teu, aquele lindo garotinho que você me deu, Nora — sempre será um estrangeiro na Irlanda, um homem falando outra língua e educado em outra tradição.

Odeio a Irlanda e os irlandeses. Eles mesmos me olham fixamente na rua apesar de eu ter nascido entre eles. Talvez leiam nos meus olhos o ódio que sinto deles. Não vejo nada à minha volta exceto a imagem do padre adúltero e de seus criados e de mulheres velhacas e pérfidas. Não é bom para mim vir aqui ou ficar aqui. Talvez se você estivesse comigo eu não sofreria tanto. Porém às vezes quando recordo aquela história horrível[2] da tua mocidade me assalta a dúvida e imagino que mesmo você está secretamente contra mim. Alguns dias antes de deixar Trieste eu estava passeando contigo pela Via Stadion (foi no dia em que compramos o pote de vidro para a conserva).[3] Um padre passou por nós e eu te disse "Você não sente um pouco de repulsa ou de nojo quando vê um desses homens?" Você respondeu um pouco

---

[1] Talvez *Sweet Lavander* (Doce alfazema), no Gaiety Theatre, ou ainda *The Still Alarm* (O alarme mudo), no Queen's Theatre.
[2] Nora teve alguns namorados antes de conhecer Joyce, inclusive certa vez um jovem cura tentou seduzi-la, introduzindo a mão sob seu vestido, mas teria sido prontamente repelido. Joyce parece referir-se a esse incidente.
[3] "Marmelada".

secamente "Não, eu não". Você vê, eu me lembro de todas essas coisinhas. Tua resposta me feriu e me calou. Essa e outras coisas parecidas que você me disse ficam gravadas na minha memória por muito tempo. Você está comigo, Nora, ou está secretamente contra mim?

Sou um homem ciumento, solitário, insatisfeito, orgulhoso. Por que você não é mais paciente comigo e mais amável? Na noite em que fomos ver *Madame Butterfly* você me tratou grosseiramente. Eu queria simplesmente ouvir aquela bela música delicada em tua companhia. Eu desejava sentir a tua alma ser tomada pelo langor e pela ânsia como a minha quando ela canta a romança da sua esperança no segundo ato *Un bel di*: "Um dia, um dia, veremos uma espiral de fumaça se elevar no horizonte mais distante do mar: e então aparece o navio". Estou um pouco desapontado contigo. Pois uma noite dessas eu voltei para casa para me deitar na tua cama depois de ter ido ao café e comecei a te falar de tudo o que eu esperava fazer e escrever no futuro e dessas ambições desmedidas que são de fato as forças dominantes da minha vida. Você não ia me ouvir. Eu sei que era muito tarde e que você evidentemente estava exausta naquela hora. Mas um homem cujo cérebro ferve de esperança e de confiança nele mesmo *deve* dizer a alguém o que sente. A quem senão a ti eu deveria falar?

Te amo profunda e verdadeiramente, Nora. Agora me sinto digno de ti. Não há uma só parcela do meu amor que não te pertença. A despeito dessas coisas tuas que turvam a minha mente eu penso sempre as melhores coisas a teu respeito. Se você me permitisse eu te falaria de tudo o que penso mas às vezes imagino por causa do teu olhar que eu te aborreceria apenas. De qualquer maneira, te amo, Nora. Não posso viver sem ti. Eu te daria tudo o que é meu, todo o conhecimento que possuo (pequeno, é verdade) todas as emoções que sinto ou já senti, todos os gostos e todas as aversões que nutro, todas as minhas esperanças ou remorsos. Gostaria de passar a vida ao teu lado, conversando contigo cada vez mais e mais até nos tornarmos um único ser juntos até que chegue a hora da nossa morte. Agora mesmo os meus olhos ficam marejados de lágrimas e soluços me sufocam enquanto te escrevo isto. Nora, só temos uma vida breve durante a qual amar. Oh minha querida seja só um pouco mais amável comigo, tenha um pouco de paciência comigo mesmo que eu seja sem consideração e intratável e creia-me seremos felizes juntos. Deixe-me te amar da minha própria maneira. Deixe-me trazer teu coração sempre junto ao meu para que ele ouça cada batida da minha vida, cada tristeza, cada alegria.

Você se lembra daquele domingo à noite quando voltamos de *Werther*[4] ainda com o eco da triste música fúnebre soando na nossa memória e que eu, deitado na nossa cama, tentei te recitar aqueles versos de que gosto tanto da *Connacht Love Song* que começam

É distante, é distante
De Connemaram, onde estás.[5]

Você se lembra que eu não consegui terminar os versos? A profunda emoção de afetuosa veneração à tua imagem que irrompeu na minha voz enquanto eu recitava os versos foi demais para mim. Meu amor por você é verdadeiramente um tipo de adoração.

Agora, amorzinho, quero que sejamos felizes. Tente melhorar a tua saúde enquanto eu estiver fora e por favor não deixe de fazer as pequenas coisas que te peço. Primeiro, coma tanto quanto

---

[4] Ópera de Jules Massenet, *Werther* (1892).
[5] *It is far and it is far / To Connemaram where you are.*
   Na verdade, "Mayo Love Song", letra de Alice L. Milligan e música de C. Milligan Fox. A canção foi publicada em Charlotte Milligan Fox, *Four Irish Songs* (Dublin: Maunsel, s/d., provavelmente em 1909). Os dois versos seguintes dizem: "Até onde seus vales púrpuras te envolvem / Como céus melancólicos que supendem uma estrela..." (*To where its purple glens enfold you / As glooming heavens that holds a star...*).

você puder a fim de ficar mais parecida com uma mulher do que com a garotinha querida, magra, simplória e um tanto desejeitada que você é. Se aquele cacau acabar peça ao Stannie que mande pedir mais: vai custar 5 xelins e 6 "pence". Enquanto isso beba bastante daquele outro cacau e chocolate. Vá acertando as contas com a tua costureira. Hoje te enviei dois livros de moldes para escolher. No sábado te mando sete ou oito metros de *tweed* de Donegal para você fazer vestidos novos. Estive procurando um jogo de peles para você e se os meus negócios aqui andarem bem eu simplesmente irei te sufocar com peles e vestidos e capas de todos os tipos. Já escolhi para você algumas peles muito lindas.

Escreva agora, meu amor, e me diga que você está fazendo o que eu te peço. E que você está feliz porque vê que eu te amo e sou leal e penso em ti. Sou leal, Nora, e penso em você todos os dias e sempre.

Boa-noite, querida. Seja feliz durante este breve período em que estivermos separados, e cada vez que você pensar de mim beije a minha imagem em Georgie.

Addio, mia *cara* Nora!

JIM

1º de novembro de 1909   44 Fontenoy Street, Dublin

    Minha querida Borboletinha   Recebi esta noite a tua carta e fico feliz que aquela fotografia do teu indigno amante em traje de gala completo te agrada. Espero que você tenha recebido bem as luvas que te mandei de presente. Eu as enviei exatamente como te enviei o meu primeiro presente cinco anos atrás — do "Ship". O par mais lindo é aquele de pele de rena: é forrado com a própria pele, simplesmente dobrada e deve ser quente, quase tão quente quanto certas partes do teu corpo, Borboleta. Doze metros (não onze como eu escrevi) de *tweed* te foram enviados de Donegal. Eu gostaria que a capa do teu vestido quase alcançasse a barra da saia e que o colarinho, o cinto e os punhos fossem guarnecidos com *couro* azul escuro e tivessem debrum em bronze ou cetim azul escuro. Se este negócio der certo e eu continuar até depois de 5 de novembro e ainda receber dinheiro vivo espero te enviar um conjunto esplêndido de peles que estou especialmente escolhendo. São de esquilo cinza. Incluiria uma boina de esquilo cinza com violetas do lado e uma longa estola larga e lisa de esquilo cinza e um regalo da vovó bege do mesmo material com uma corrente de aço, ambos com debrum em cetim violeta. Você ia gostar disso, querida? Espero ser capaz de consegui-los para você. Estou também preparando um presente de Natal especial para você. Comprei folhas de pergaminho especialmente cortadas e estou copiando nelas todo o meu livro de versos em tinta naquim indelével. Então vou mandar encaderná-las de um jeito curioso que me agrada e esse livro durará séculos. Vou queimar todos os outros manuscritos dos meus versos e você terá então o único existente. É muito difícil escrever em pergaminho mas trabalho nele esperando que agradará à mulher que eu amo.

São duas da madrugada. Estou aqui copiando sozinho na cozinha depois que todos foram se deitar e agora te escrevo. Se eu pudesse erguer os olhos e encontrar aqueles teus olhos caninos. Tentarei merecer a confiança que eles têm em mim.

Não se inquiete, Borboletinha. Aqui estão alguns versos escritos quatrocentos anos atrás por um poeta que era amigo de Shakespeare:

      Lágrimas sufocam o coração, creia-me.
      Oh luta para não ser excelente no pesar
      Que apenas é fonte da ruína da sua beleza.[1]

Você é uma pessoinha triste e eu sou um parceiro extremamente melancólico de modo que o nosso amor é bastante sombrio, imagino. Não chore por aquele jovem senhor maçante da fotografia. Ele não merece isso, querida.

É muito gentil da tua parte perguntar sobre esse meu maldito assunto sujo.[2] Não piorou de qualquer maneira. Fiquei inicialmente alarmado com o teu silêncio. Temi que algo de errado tivesse acontecido. Mas você vai muito bem, não vai, queridinha? Graças a Deus! Pobre Norinha, como sou mau para você!

Não se importe com Eva mas você deveria ver se o Stannie está se cuidando. Espero que ele esteja melhor agora. Addio, Giorgino e Lucetta! Vengo subito![3] E addio, Nora mia!

                                                  JIM

---

[1] *Tears kill the heart, believe./ O strive not to be excellent in woe. / Which only breeds your beauty's overthrow.*
    Poema de John Dowland, "I saw my lady weep", incluído no seu livro *Second Booke of Songs or Ayres* (1600).
[2] Provavelmente alguma doença contraída de uma prostituta.
[3] "Vou logo."

18 de novembro de 1909   44 Fontenoy Street, Dublin
[Sem saudação.]

Não ouso me dirigir a você esta noite chamando-a de um nome familiar.

Depois que li a tua carta esta manhã passei o dia todo me sentindo como um vira-lata que recebeu uma chicotada nos olhos. Não durmo há dois dias inteiros e vagueei pelas ruas como um canalha imundo cuja amante o feriu com seu chicote e o escorraçou de casa.

Você escreve como uma rainha. Enquanto eu viver vou me lembrar sempre da tranquila dignidade dessa carta, da sua tristeza e do desprezo, e da grande humilhação que me causou.

Perdi a tua estima. Eu desperdicei o teu amor. Deixe-me então. Afaste as crianças de mim para poupá-las do malefício da minha presença. Deixe-me afundar de novo no lodo de onde eu vim. Esqueça de mim e das minhas palavras vazias. Volte para a sua vida e deixe-me ir sozinho para a minha ruína. É errado você viver com um animal vil como eu ou permitir que suas crianças sejam tocadas pelas minhas mãos.

Aja corajosamente como você sempre fez. Se você decidir me deixar desgostosa com tudo eu o suportarei como um homem, sabendo que mereço isso mil vezes, e te concederei dois terços da minha renda.

Começo a compreender isso agora. Eu matei o teu amor. Eu te enchi de desgosto e de desprezo por mim mesmo. Abandone-me agora às coisas e aos companheiros que eu apreciava tanto. Não vou me queixar. Não tenho o direito de me queixar ou de levantar nunca mais meus olhos para você. Eu me degradei inteiramente a seus olhos.

Deixe-me. É uma degradação e uma vergonha para você viver com uma vil criatura como eu. Aja corajosamente e me deixe. Você me deu as coisas mais belas deste mundo mas você apenas jogava pérolas aos porcos.

Se você me deixar viverei para sempre com a tua lembrança, mais sagrada para mim do que Deus. Vou orar pelo teu nome.

Nora, guarde alguma boa lembrança deste pobre miserável que te desonrou com o seu amor. Pense que os teus lábios o beijaram e que os teus cabelos o cobriram e que os teus braços o estreitaram contra ti.

Não vou assinar meu nome porque é o nome com o qual você me chamava quando você me amava e me honrava e me dava a tua alma gentil para que eu a ferisse e traísse.

19 de novembro de 1909   44 Fontenoy Street, Dublin
[Sem saudação]

    Hoje recebi duas cartas afetuosas dela pois afinal de contas talvez ela ainda se preocupe comigo. Na noite passada eu estava absolutamente desesperado quando lhe escrevi. A menor palavra dela tem um enorme poder sobre mim. Ela me pede que tente esquecer a garota ignorante de Galway que cruzou o meu caminho e diz que sou muito amável com ela. Garota tola e de bom coração! Ela não percebe que sou um imbecil inútil e desleal? O seu amor por mim talvez a deixe cega para isso.
    Nunca esquecerei o quanto a sua breve carta de ontem me atingiu profundamente. Senti que havia abusado demais da sua bondade e que ela finalmente havia voltado contra mim o seu calmo desprezo.
    Hoje fui ao hotel onde ela vivia quando a encontrei pela primeira vez. Antes de entrar me detive na porta sombria eu estava muito agitado. Não lhes disse meu nome mas tive a impressão de que sabiam quem eu era. Esta noite estive sentado à mesa na sala de jantar ao fim do saguão com dois italianos. Não comi nada. Uma moça de rosto pálido esperava a uma mesa, talvez a tua substituta.
    O lugar é muito irlandês. Já vivi tanto tempo no estrangeiro e em tantos países que posso perceber imediatamente a voz da Irlanda em qualquer coisa. A desordem da mesa era irlandesa, o espanto nas faces também, os olhos curiosos da própria dona e da sua garçonete. Uma terra estranha para mim embora eu tenha nascido nela e possua um de seus nomes antigos.
    Estive no quarto onde ela passou tantas vezes com um estranho sonho de amor em seu jovem coração. Meu Deus, meus olhos estão rasos de lágrimas! Por que choro? Eu choro porque é

tão triste pensar nela caminhando pelo quarto, comendo pouco, vestida com simplicidade, de maneiras afáveis e alerta, e levando sempre consigo em seu secreto coração a pequena chama que inflama as almas e os corpos dos homens.

Choro também de pena dela por haver escolhido um amor tão pobre e ignóbil quanto o meu: e de pena de mim mesmo que não mereço ser amado por ela.

Uma terra estranha, uma casa estranha, olhos estranhos e a sombra de uma estranha, bem estranha garota parada em silêncio junto ao fogo, ou contemplando pela janela o brumoso parque do *College*. Que beleza misteriosa reveste cada um dos lugares onde ela viveu!

Duas vezes enquanto escrevia essas frases esta noite os soluços rapidamente subiram pela minha garganta e brotaram dos meus lábios.

Amei nela a imagem da beleza do mundo, o mistério e a beleza da própria vida, a beleza e o destino da raça da qual sou filho, as imagens de pureza espiritual e de piedade nas quais acreditei quando criança.

Sua alma! Seu nome! Seus olhos! Eles se parecem com belas e raras flores silvestres azuis crescendo em alguma sebe emaranhada e molhada de chuva.[1] E eu senti sua alma estremecer junto da minha, e murmurei seu nome para a noite, e chorei ao ver a beleza do mundo passar como um sonho atrás dos seus olhos.

[Não assinada]

---

[1] No primeiro ato da peça *Exiles* [Exilados], de Joyce, Robert Hand chama Bertha de "Uma flor-do-campo desabrochando numa sebe".

22 de novembro de 1909   44 Fontenoy Street, Dublin

Queridíssima   Teu telegrama ficou no meu coração esta noite. Quando te escrevi aquelas últimas cartas estava completamente desesperado. Pensei ter perdido o teu amor e a tua estima — como eu bem merecia. Tuas palavras desta manhã são muito afetuosas mas espero a carta que você provavelmente me escreveu depois de enviar o telegrama.

Mal ouso mostrar agora familiaridade com você, querida, até que você me dê permissão novamente. Sinto que eu não deveria, embora a tua carta tenha sido escrita no antigo e familiar estilo malicioso. Por exemplo quando você diz o que faria comigo se eu te desobedecesse em determinado assunto.[1]

Vou me arriscar a dizer apenas uma coisa. Você diz que quer que a minha irmã te leve algumas roupas de baixo. Por favor não, querida. Não gosto que ninguém, nem mesmo uma mulher ou uma moça, veja as coisas que te pertencem. Queria que você fosse mais cuidadosa com certas roupas que você deixa jogadas de qualquer maneira, quero dizer, quando vêm da lavanderia. Oh, queria que você mantivesse todas essas coisas *secretas, secretas, secretas*. Queria que você tivesse um grande estoque de todos os tipos de roupas de baixo, em todos os tons delicados, guardados num grande armário perfumado.

Como me sinto miserável longe de você! Você aceitou novamente o teu pobre amado no teu coração? Esperarei ansiosamente por uma carta tua e de novo agradeço o teu bondoso e gentil telegrama.

Não me peça agora para escrever uma carta longa, queridinha. O que eu escrevi acima me entristeceu um pouco. Estou cansado

---

[1] Comparar com a carta de Martha Clifford em *Ulysses*, tradução de Caetano Galindo (Penguin-Companhia das Letras, 2012), pp. 193-194.

de te enviar palavras. Me agradaria mais ter nossos lábios unidos, nossos braços entrelaçados, nossos olhos desfalecendo na triste alegria da possessão.

Perdoe-me, queridinha. Queria ser mais reservado. Mas devo arder e arder e arder por você.

JIM

27 de novembro de 1909 Sábado à noite [Dublin]

    Queridíssima Nora   Esta noite daqui a pouco partirei para Belfast[1] e vou sentir falta da tua carta desta noite. Amanhã volto e escreverei novamente. Sonhe comigo. Teu amado.

JIM

---

[1] Os sócios estavam considerando a possibilidade de abrir novos cinemas em Belfast e Cork.

2 de dezembro de 1909   44 Fontenoy Street, Dublin

    Minha querida   Talvez eu devesse começar pedindo perdão pela carta extraordinária que te escrevi na noite passada.[1] Enquanto eu a escrevia a tua carta estava pousada diante de mim e os meus olhos estavam fixos, como ainda estão, numa certa palavra escrita nela. Há algo de obsceno e lúbrico na própria aparência das letras. O seu som é também como o próprio ato, breve, brutal, irresistível e perverso.
    Querida, não fique ofendida com o que eu escrevi. Você me agradece o belo nome que te dei. Sim, amorzinho, é um belo nome "Minha linda flor silvestre das sebes! Minha flor azul-escura, molhada de chuva!" Você percebe que ainda sou um pouquinho poeta. Também te darei de presente um livro encantador: e é um presente de poeta à mulher que ele ama. Mas, ao lado e no interior desse amor espiritual que sinto por você há também uma ânsia selvagem e bestial por cada centímetro do teu corpo, por cada parte secreta e indecente dele, por cada um dos teus odores e atos. Meu amor por você me permite rogar ao espírito de eterna beleza e ternura refletido nos teus olhos ou te lançar debaixo de mim deitada sobre essa tua barriga macia e te foder por trás, como um porco montado numa porca, me gloriando no próprio fedor e no suor do teu traseiro, me gloriando na vergonha exposta do teu vestido virado para cima e da tua calça branca de mocinha e no tumulto das bochechas ardentes e do cabelo emaranhado. Ele permite que eu me debulhe num choro de piedade e amor à menor palavra, que eu trema de amor por você ao som de qualquer acorde ou cadência musical ou que eu me deite contigo com a cabeça nos pés sentindo os teus dedos afagarem e coçarem o meu saco ou que eu tenha sobre mim a tua

---

[1] A carta de Joyce do dia 1º de dezembro de 1909 não chegou até nós.

bunda e que teus lábios quentes chupem o meu pau enquanto a minha cabeça se enfia entre as tuas coxas grossas, que as minhas mãos apertem as almofadas redondas da tua bunda e a minha língua lamba sofregamente a tua viçosa boceta vermelha. Fui eu que te ensinei a quase desfalecer ao som da minha voz cantando ou murmurando para a tua alma a paixão e a aflição e o mistério da vida e ao mesmo tempo fui eu que te ensinei a me fazer gestos obscenos com os teus lábios e a tua língua, a me provocar com toques e ruídos obscenos, e mesmo a fazer diante de mim o ato corporal mais vergonhoso e imundo. Você se lembra do dia em que puxou para cima as tuas roupas e me deixou ficar sob você olhando para cima enquanto você fazia? Depois você ficou com vergonha até de me olhar.

Você é meu, amorzinho, meu! Te amo. Tudo o que escrevi acima é apenas um momento ou dois de loucura bestial. A última gota de sêmen mal acabou de esguichar na tua boceta antes do fim e o meu verdadeiro amor por ti, o amor dos meus versos, o amor dos meus olhos pela sedução dos teus olhos estranhos chega soprando sobre a minha alma como um vento carregado de odores. Minha pica ainda está quente e dura e trêmula depois da última e brutal socada dentro de ti quando um hino suave cresce em meiga e piedosa adoração a ti desde os sombrios claustros do meu coração.

Nora, meu amorzinho fiel, minha garota safada de olhos doces, seja a minha puta, a minha amante, tanto quanto você queira (minha amantezinha danada! minha maldita putinha!) você é sempre a minha bela flor silvestre das sebes, minha flor azul-escura molhada de chuva.

JIM

3 de dezembro de 1909   44 Fontenoy Street, Dublin

    Minha querida garotinha do convento de freiras   Há uma estrela que está muito perto da Terra pois ainda estou com a febre do desejo animal. Hoje me detive várias vezes na rua com uma exclamação cada vez que eu pensava nas cartas que te escrevi nas duas últimas noites. Devem parecer terríveis à luz fria do dia. Talvez a sua grosseria tenha te desagradado. Sei que você é de uma natureza muito mais refinada do que o teu extraordinário amante e embora tenha sido você mesma, garotinha ardente, que primeiro me escreveu dizendo que estava morrendo de vontade de me dar contudo suponho que a imunda selvageria e a obscenidade da minha resposta tenham ultrapassado todos os limites do pudor. Quando peguei a tua carta expressa esta manhã e vi todo o teu zelo para com o teu imprestável Jim eu senti vergonha do que havia escrito. Mas agora, a noite, a secreta noite pecadora, desceu de novo sobre o mundo e estou outra vez sozinho te escrevendo e a tua carta está de novo dobrada diante de mim na mesa. Não me peça para ir para a cama, querida. Deixe-me te escrever, querida.
    Como você sabe, amorzinho, nunca uso palavras obscenas ao falar. Você nunca me ouviu pronunciar uma palavra imprópria diante dos outros, não é mesmo? Quando os homens daqui contam em minha presença estórias sujas ou licenciosas eu quase não acho graça. No entanto parece que você me transforma num animal. Foi você mesma, você, astuta garota desavergonhada, quem primeiro me levou por esse caminho. Não fui eu quem primeiro te tocou por baixo há muito tempo em Ringsend. Foi você que deslizou a tua mão para baixo para baixo dentro das minhas calças e puxou a minha camisa suavemente para o lado e tocou o meu cacete com os teus deliciosos dedos longos e pouco a pouco foi tomando-o todo, grosso e duro como estava, na tua

mão e me masturbou lentamente até que eu gozei entre os teus dedos, todo esse tempo inclanada sobre mim e me olhando com os teus calmos olhos de santa. Também foram os teus lábios que primeiro disseram uma palavra obscena. Eu me lembro *bem* daquela noite na cama em Pola. Cansada de ficar sob um homem uma noite você arrancou violentamente a tua camisola e assumiu o comando me cavalgando nua. Você enfiou o meu cacete na tua xoxota e começou a subir e descer montada em mim. Talvez a minha tromba não fosse grande o bastante para ti, pois me lembro que você se curvou sobre o meu rosto e murmurou afetuosamente "Me fode, amor! me fode!"

Nora querida, passei o dia todo morrendo de vontade de te perguntar uma ou duas coisas. Me permita, querida, pois eu já te contei *tudo* o que fiz e posso então te fazer perguntas em troca. Queria saber se você vai responder. Quando aquele sujeito[1] cujo coração eu sonho fazer parar com o estampido de um revólver pôs sua mão ou mãos debaixo da tua saia ele apenas te acariciou por fora ou de fato enfiou em ti um dedo ou vários? Se ele o fez, ele foi tão longe a ponto de tocar aquela pequena glande na extremidade da tua xoxota? Ele te tocou por trás? Ele ficou muito tempo te bolinando e você gozou? Ele pediu que você o tocasse e você fez isso? E se você não o tocou ele gozou em ti e você sentiu?

Outra pergunta, Nora. Eu sei que eu fui o primeiro homem que te comeu mas será que nenhum homem jamais te masturbou? Aquele rapaz[2] que você amava não fez isso contigo? Conte-me, Nora, toda a verdade e com toda a franqueza. Quando você ficava com ele à noite no escuro os teus dedos *nunca, nunca* desabotoaram as calças dele e deslizam para dentro como ratinhos? Você nunca o masturbou, querida, me conta a verdade

---

[1] Vincent Cosgrave.
[2] Michael Bodkin, que Nora conheceu em Galway.

ou algum outro? Você *nunca, nunca, nunca* sentiu o pau de um homem ou de um rapazinho entre os teus dedos antes de me desabotoar as calças? Se você não se *ofender* não tenha receio de me contar a verdade. Querida, querida, esta noite estou com um desejo tão louco do teu corpo que se você estivesse aqui do meu lado e mesmo se me dissesse com os teus próprios lábios que metade dos grosseirões ruivos do condado de Galway treparam contigo antes de mim eu ainda assim iria para cima de ti faminto.

Deus Todo-Poderoso, que linguagem é essa que estou usando com a minha orgulhosa rainha de olhos azuis! Ela se recusará responder às minhas perguntas grosseiras e insultuosas? Sei que estou me arriscando muito ao escrever dessa maneira, mas se ela me ama realmente sentirá que estou louco de desejo e que devo saber tudo.

Meu amor, me responda. Mesmo que eu venha a saber que você também pecou isso talvez me ligue ainda mais a você. De qualquer maneira eu te amo. Eu te escrevi e te disse coisas que o meu orgulho *nunca mais* me permitirá dizer a nenhuma outra mulher.

Minha adorada Nora, eu tremo de impaciência pelas tuas respostas àquelas minhas cartas sujas. Eu te escrevi francamente porque sinto que agora posso cumprir o que te prometi.

Não fique zangada, minha querida, minha querida, Nora, minha florzinha silvestre das sebes. Amo o teu corpo, anseio por ele, sonho com ele.

Fale comigo, lábios queridos que eu beijei chorando. Se as obscenidades que escrevi te insultam você me chama à razão de novo com o chicote como você já fez antes. Deus me ajude!

Te amo, Nora, e me parece que isso também faz parte do meu amor. Me perdoe! Me perdoe!

JIM

6 de dezembro de 1909   44 Fontenoy Street, Dublin

    Noretta mia! Recebi a tua carta lamentável esta tarde me dizendo que você estava sem roupa de baixo. Não ganhei 200 coroas no dia 25 mas somente 50 coroas e de novo 50 no dia 1º Isto é tudo sobre dinheiro. Envio-te um pequeno bilhete de banco e espero que você possa comprar ao menos um lindo par de calças com babados para si mesma e te mandarei mais quando eu receber novamente. Gostaria que você usasse calças com três ou quatro babados sobrepostos nos joelhos e ao longo das coxas com grandes laços carmesim, quero dizer não as calças de alunas com uma fina borda de renda pobre, apertando as pernas e tão finas que se vê a pele através delas mas as calças de mulheres (ou se você prefere a palavra) de senhoras com o fundo solto e amplo e as pernas largas, todas com babados e rendas e fitas, e pesadas de perfume de modo que cada vez que você as mostrar, seja tirando as tuas roupas apressadamente para fazer alguma coisa ou te encolhendo lindamente na cama pronta para ser comida, eu possa ver apenas uma massa dilatada de tecidos e babados brancos e ao me inclinar sobre você para abri-los e dar um beijo ardente e luxurioso na tua indecente nádega desnuda eu posso sentir o cheiro da tua calça assim como o odor quente da tua xoxota e o cheiro forte do teu traseiro.

    Choquei você com as coisas sujas que te escrevi. Talvez você ache que o meu amor é uma coisa obscena. É, querida, em alguns momentos. Sonho com você em poses nojentas algumas vezes. Imagino coisas *tão* sujas que não as escreverei até que eu veja como você mesma as escreve. A menor coisa me deixa de pau duro — um movimento lascivo da tua boca, uma manchinha marrom no fundilho da tua calça branca, um inesperado palavrão saído dos teus lábios úmidos, um inesperado barulho impudico vindo do teu traseiro e depois um mau cheiro subindo vagarosamente pelas tuas costas. Nesses momentos fico louco de vontade de fazer aquilo de um modo porco, de sentir teus lábios quentes e lascivos me chupando, de foder no meio das tuas duas tetas de biquinhos rosados, de tocar uma no teu rosto e gozar nas tuas bochechas e nos teus olhos ardentes, de deixá-lo duro entre as bochechas da tua bunda e de te enrabar.

Basta per stasera![1]

Espero que você tenha recebido o meu telegrama e que o tenha *compreendido*.

Adeus, minha querida que estou tentando degradar e depravar. Como em nome de Deus é possível você amar uma coisa como eu?

Oh, estou tão ansioso para ler a tua resposta, querida!

JIM

---

[1] Chega por esta noite!

8 de dezembro de 1909   44 Fontenoy Street, Dublin

    Minha doce putinha Nora   Fiz o que você me disse, mocinha suja, e bati duas punhetas enquanto lia a tua carta. Fiquei feliz em saber que você gosta realmente de ser fodida por trás. Sim, agora me lembro daquela noite em que te fodi demoradamente por trás. Foi a trepada mais suja de que me lembro, querida. Meu pau ficou enfiado em você por várias horas, entrando e saindo do teu rabo virado para cima. Sentia as tuas gordas nádegas suadas sob a minha barriga e via a tua face rubra e os teus olhos enlouquecidos. Cada vez que eu enfiava em você a tua língua desavergonhada surgia entre os teus lábios e se eu te dava uma socada maior e mais forte do que o usual peidos abundantes e sujos saíam fazendo barulho do teu traseiro. Você tinha um rabo cheio de peidos naquela noite, minha querida, e durante a foda saíram todos para fora de você, uns grandes e gordos, outros longos e ventosos, estalinhos rápidos e alegres e um monte de peidinhos maus que terminavam num longo jato expelido do teu buraco. É maravilhoso foder uma mulher flatulenta quando cada socada lança um peido para fora dela. Acho que reconheceria os peidos de Nora em qualquer lugar. Acho que distinguiria os dela numa sala cheia de mulheres flatulentas. É sobretudo um barulho próprio das moças não como o peido úmido e tempestuoso que imagino as esposas gordas soltem. É repentino e seco e sujo como o que uma moça atrevida dispararia de brincadeira num dormitório da escola à noite. Espero Nora que deixe escapar uma infinidade deles na minha cara assim conhecerei também seu cheiro.

    Você diz que quando eu voltar vai me chupar e que quer que eu lamba a tua xoxota, sua salafrária depravadinha. Espero que alguma vez você me surpreenda dormindo vestido, me assalte com um ardor de puta nos teus olhos sonolentos, abra suavemente um após o outro os botões da minha braguilha e puxe para fora suavemente o pinto grosso do teu amado, ponha-o gulosamente na tua boca úmida e o chupe à vontade até ele ficar mais duro e gordo e jorrar na tua boca. Algumas vezes também vou te surpreender no sono, levantarei as tuas saias e abrirei gentilmente a tua calça quente, então me estenderei suavemente do teu lado e começarei a lamber preguiçosamente ao redor dos teus pentelhos. Você começará a se mexer agitadamente e então lamberei os lábios da xoxota da minha querida. Você começará a gemer e a grunhir e a suspirar e a peidar de desejo no teu sonho. Então vou te lamber cada vez mais rápido como um cão voraz até que a tua xoxota seja uma massa de lodo e o teu corpo se torça selvagemente.

    Boa-noite, minha Nora peidorreirazinha, minha avezinha fodedora! Há *uma palavra encantadora*, querida, que você frisou para me fazer bater uma punheta melhor. Escreva-me mais sobre isso e sobre você mesma, docemente, mais *obscenamente*, <u>mais obscenamente</u>.

JIM

9 de dezembro de 1909   44 Fontenay Street, Dublin

Minha doce e safada avezinha fodedora, Aqui está outro bilhete de banco para comprar lindas calças ou meias ou ligas. Compre calças de devassa, amor, e não deixe de aspergir sobre as pernas algum perfume delicado e também de descolori-las um pouco atrás.

Você parece ansiosa para saber como recebi a tua carta que você diz ser pior do que a minha. Como é pior do que a minha, amor? Sim, é pior em uma ou duas partes. Estou me referindo à frase em que você diz o que fará com a tua língua (não me refiro a me chupar) e àquela palavra encantadora que você escreveu tão grande e sublinhou, minha patifezinha. É excitante ouvir essa palavra (e uma ou duas outras que você não escreveu) dos lábios de uma moça. Mas quero que você fale de si mesma e não de mim. Escreva-me uma carta longa, longa, cheia dessas e de outras coisas sobre você, querida. Você sabe agora como me endurecer o cacete. Conte-me as coisas mais insignificantes sobre você mesma desde que sejam obscenas e secretas e imundas. Não escreva mais nada. Que cada sentença esteja cheia de palavras e de sons sujos e indecentes. É tão adorável ouvi-las e também vê--las no papel mas as mais indecentes são as mais belas.

As duas partes do teu corpo que fazem coisas sujas são para mim as mais encantadoras. Prefiro o teu traseiro, querida, aos teus peitos porque ele faz uma coisa suja. Amo a tua xoxota não tanto porque ela é a parte onde eu meto mas porque ela faz outra coisa suja. Eu poderia ficar batendo punheta o dia todo olhando para a palavra *divina* que você escreveu e para o que você disse que faria com a tua língua. Queria tanto poder ouvir os teus lábios lançarem com sofreguidão essas altamente excitantes palavras sujas, ver a tua boca fazendo sons e barulhos indecentes, sentir o teu corpo se contorcendo sob o meu, ouvir e cheirar os peidos imundos e abundantes de mocinha saindo pum-pum para fora da sua linda bunda nua de mocinha e *foder foder foder foder* para sempre a xoxota da minha levada e ardente avezinha fodedora.

Estou feliz agora, porque a minha putinha me fala que quer me dar por trás e quer que eu foda a sua boca e quer me despir e puxar para fora o meu cacete e quer chupá-lo como uma teta. Ela quer fazer *mais* e *mais sujo* do que isso, minha fodedorazinha nua, minha levada e serpeante batedora de punheta, minha doce e imunda peidorreirazinha.

Boa-noite, minha cadelinha vou me deitar e bater uma punheta até gozar. Escreva mais e mais sujo, querida. Acaricia o teu grelinho enquanto estiver escrevendo assim você vai dizer as piores coisas. Escreve bem grande os palavrões e os sublinhe e beija-os e os ponha por um momento na tua doce boceta quente, querida, e também ergua o teu vestido por um momento e ponha--os sob a tua bundinha peidorreira. Faça *ainda mais* se você desejar e depois me mande a carta, meu querido passarinho da bunda trigueira.

JIM

10 de dezembro de 1909   44 Fontenoy Street, Dublin

Queridíssima   Fiquei terrivelmente desapontado com a tua carta desta noite. Passei o dia todo tentanto conseguir o bilhete de banco aqui incluso e me perguntando o que você me escreveria.

Telegrafei para você dizendo *Tenha cuidado*. Quis dizer que tivesse o cuidado de manter secretas as minhas cartas, que tivesse o cuidado de não mostrar a tua excitação aos outros e que tivesse o cuidado de não (estou um pouco envergonhado de escrever isso agora). Estou com medo, Nora, você deve estar tão quente que você se entregaria a qualquer um.

Queridíssima, compre algo bonito com esse bilhete. Ficarei terrivelmente infeliz se as nossas últimas cartas se interromperem. Estou exausto com os meus negócios. Na noite passada só fui para a cama um pouco antes das cinco entre cartas e anúncios e telegramas.

Tua carta é tão fria que não tenho ânimo de te escrever como antes. Olhei as tuas outras cartas longamente e beijei certas palavras que li nelas, algumas mais de uma vez.

Talvez amanhã você me escreva novamente. Boa-noite, queridíssima.

JIM

11 de dezembro de 1909   44 Fontenoy Street, Dublin

Minha queridíssima Nora   Novamente nenhum carta tua esta noite. Você não respondeu.

Os quatro italianos deixaram o Hotel Finn's e vivem agora em cima do cinema. Paguei aproximadamente £ 20 à tua antiga patroa, devolvendo o bem pelo mal. Antes de deixar o hotel contei à garçonete quem eu era e pedi que ela me deixasse ver o quarto onde você dormia. Ela me levou para cima e me fez entrar. Você pode imaginar a minha aparência e os meus modos excitados. Vi o quarto da minha amada, sua cama, as quatro paredes entre as quais ela sonhava com os meus olhos e a minha voz, as cortininhas que ela abria de manhã para olhar o céu cinza de Dublin, as modestas e pequenas coisas nas paredes que seu olhar percorria enquanto despia seu corpo jovem e formoso à noite.

Ah não é luxúria, queridíssima, não é a loucura selvagem e brutal com que te escrevi nos últimos dias e noites, não é o desejo animal e selvagem de possuir o teu corpo, queridíssima, que me atraiu para junto de ti então e me une a ti agora. Não, queridíssima, não é isso mas o amor mais terno, adorador, compassivo com a tua juventude e a tua mocidade e a tua fragilidade. Oh que doce sofrimento você trouxe ao meu coração! Oh o mistério de que me fala a tua voz!

Esta noite não te escreverei como fiz até agora. Todos os homens são brutos, queridíssima, mas ao menos em mim há também às vezes algo mais elevado. Sim, também sinto em alguns momentos arder na minha alma esse fogo puro e sagrado que arde para sempre no altar do coração da minha amada. Podia ter me ajoelhado diante daquela caminha e me esvaído num rio de lágrimas. As lágrimas assediavam os meus olhos enquanto estive ali olhando. Podia ter me ajoelhado e rezado lá como os três Reis Magos vindos do Oriente se ajoelharam e rezaram diante da manjedoura onde dormia Jesus. Eles viajaram por desertos e oceanos e trouxeram seus presentes e sua sabedoria e seu séquito real para se ajoelhar diante de uma criancinha recém-nascida e eu trouxe os meus erros e as loucuras e os pecados e o assombro e o desejo para depositá-los na caminha na qual uma jovem sonhou comigo.

Queridinha, sinto muitíssimo não ter nem um pobre bilhete de banco de cinco liras para te enviar esta noite mas na segunda-feira te enviarei um. Vou para Cork amanhã de manhã mas preferia estar indo para o oeste, rumo àqueles lugares estranhos cujos nomes nos teus lábios me fazem tremer, Oughterard, Clare-Galway, Coleraine, Oranmore, rumo àqueles campos selvagens de Connacht onde Deus fez nascer "minha bela flor silvestre das sebes, minha flor azul-escura molhada de chuva."

JIM

[? 13 de dezembro de 1909] [Dublin]

aproximar de outras? Você pode me dar tudo e mais do que elas podem. Queridíssima, você finalmente acredita no meu amor? Ah, acredite Nora! Pois qualquer um que nunca tenha me visto pode ler isso nos meus olhos quando falo de você. Como a tua mãe diz "eles brilham como velas na minha cabeça".

Agora o tempo passará voando, minha querida, até que os teus braços amorosos e macios me envolvam. <u>Nunca</u> mais te deixarei. Não somente porque desejo o teu corpo (como você sabe) mas também porque quero a tua companhia. Minha querida, suponho que comparado ao teu esplêndido e generoso amor por mim o meu amor por você pareça muito pobre e miserável. Mas é o melhor que posso te dar, minha querida amada. Aceite-o, meu amor, salve-me e proteja-me. Sou o teu menino como te disse e você precisa ser dura comigo, minha mãezinha. Puna-me o quanto quiser. Me daria grande prazer sentir a minha carne ardendo sob a tua mão. Você sabe o que eu quero dizer, Nora querida? Queria que você me batesse ou mesmo me flagelasse. Não de brincadeira, querida, mas de verdade e na minha carne nua. Queria que você fosse forte, *forte*, querida, e tivesse um grande peito orgulhoso e coxas roliças. Adoraria ser açoitado por ti, Nora amada! Gostaria de ter feito alguma coisa que te incomodasse, mesmo alguma coisa trivial, talvez um dos meus hábitos porcos que te fazem rir: e então te ouvir me chamar ao teu quarto e então te encontrar sentada numa poltrona com as tuas coxas gordas abertas e o teu rosto completamente vermelho de raiva e uma chibata na tua mão. Te ver chamar a atenção para o que eu fiz e depois com um movimento de raiva me puxar para junto de ti e afundar o meu rosto no teu colo. Depois sentir as tuas mãos descendo as minhas calças e as roupas de baixo e levantando a minha camisa, me debater nos teus braços fortes e no teu colo, sentir você se curvar sobre mim (como uma babá furiosa batendo no bumbum da criança) até os teus seios grandes e cheios quase me tocarem e te sentir flagelando, flagelando, flagelando ferozmente a minha carne trêmula e desnuda!! Perdoe-me, querida, se isso é insensato. Comecei esta carta tão tranquilamente e agora *devo* terminá-la do meu jeito louco.

Você se ofendeu com a minha horrível escrita desavergonhada, querida? Suponho que algumas das coisas repugnantes que escrevi te tenham feito corar. Você se ofendeu por que eu disse que adorava ver a mancha marrom que aparece atrás das tuas calças brancas de mocinha?[1] Suponho que você me considere um canalha sujo. Como você vai responder essas cartas? Espero e espero que você *também* me escreva cartas ainda mais loucas e sujas do que as minhas.

Você pode, basta querer, Nora, pois também preciso te dizer que [interrupção]

---

[1] Comparar com *Ulysses*, tradução de Caetano Galindo (Penguin-Companhia das Letras, 2012), pp. 1102-1103.

15 de dezembro de 1909   44 Fontenoy Street, Dublin

    Queridíssima. Nenhuma carta! Só uma curta e grossa do Stannie. Pelo amor de Deus me poupe de qualquer problema antigo ou irei acabar num manicômio. Tente, querida, até que o teu amante retorne deixar as coisas fluírem tranquilamente. Não posso mais escrever. Por que razão ele briga comigo? Estou dando o melhor de mim a vocês todos. Por favor, querida, encha-o de comida e o deixe à vontade. Não o incomode com dívidas: e pelo amor de Deus não me incomode com elas. Te enviei umas gravuras. Pede a ele que pendure uma na cozinha, a maior defronte à lareira. Pendure-as bem.
    Nenhuma carta! Agora tenho certeza de que a minha menina se ofendeu com as minhas palavras asquerosas. Você se ofendeu, querida, com o que eu disse sobre as tuas calças? Tudo absurdo, querida. Eu sei que são tão imaculadas quanto o teu coração. E sei que poderia lambê-las todas, os babados, as pernas e o traseiro. Só que eu gosto de pensar do meu jeito sujo que num certo lugar elas estão manchadas. Também é tudo absurdo, querida, o que eu disse sobre enrabar você. É que gosto do som imundo da palavra, da ideia de uma moça bonita e tímida como Nora levantando suas roupas por trás e mostrando a calça doce e branca de mocinha para excitar o sujo parceiro de quem ela se orgulha tanto; e deixando-o depois meter a sua suja e grumosa estaca vermelha através da fenda da sua calça e socando socando socando no seu querido buraquinho entre as suas nádegas frescas e rechonchudas.
    Querida, acabo de me aliviar nas minhas calças de modo que estou completamente esgotado. Não posso ir ao correio-geral mesmo com três cartas para postar.
    Para a cama — para a cama!
    Boa-noite, Nora mia!

JIM

16 de dezembro de 1909   44 Fontenoy Street, Dublin

    Minha doce garota querida   Finalmente você me escreveu! Você deve ter tocado uma feroz punheta nessa tua bocetinha safada para me escrever uma carta tão desarticulada. Quanto a mim, querida, estou tão exausto que você teria de me lamber durante uma boa hora antes que a minha tromba endureçesse o bastante para entrar simplesmente em ti, quanto mais para te foder. Eu bati tantas e com tal frequência que estou com receio de olhar para ver o estado da minha coisa depois de tudo o que fiz a mim mesmo. Querida, por favor não trepe demais comigo quando eu voltar. Trepe comigo tanto quando puder na primeira noite mas deixe eu me restabelecer. A trepada deve partir de ti, querida, pois agora estou tão pequeno e delicado que nenhuma moça na Europa exceto você mesma desperdiçaria seu tempo tentando fazer a coisa comigo. Trepe comigo, querida, de todas as novas maneiras que a tua luxúria te sugerir. Trepe comigo vestida com o teu traje de passeio completo com o chapéu e o véu, o teu rosto corado do frio e do vento e da chuva e as tuas botas enlameadas, ou montada nas minhas pernas quando eu estiver sentando numa cadeira e subindo e descendo sobre mim com os babados das tuas calças aparecendo e o meu pau duro para cima na tua boceta ou me cavalgando sobre o encosto do sofá. Trepe comigo nua *apenas* com o teu chapéu e as tuas meias nós deitados no chão com uma flor carmesim no teu buraquinho de trás, cavalgando-me como um homem com as tuas coxas entre as minhas e a tua bunda gorducha. Trepe comigo com o teu penhoar (espero que você vista aquele bonito) sem mais nada embaixo, abrindo-o subitamente e me mostrando a tua barriga e as tuas coxas e as costas e me puxando sobre ti na mesa da cozinha. Trepe comigo me fazendo entrar pela bunda, deitada de bruços na cama, com os teus cabelos soltos flutuando nua mas com adoráveis e perfumadas calças rosa abertas desavergonhadamente atrás e meio caídas sobre as tuas nádegas brancas. Trepe comigo se puder de cócoras no banheiro, com as tuas roupas levantadas, grunhindo como uma porquinha fazendo seu cocozinho, e uma longa coisa suja e grossa serpeando vagarosamente para fora da tua bunda. Trepe comigo nas escadas às escuras, como uma babá trepando com o seu soldado, desabotoando delicadamente as suas calças e deslizando a sua mão na sua braguilha e mexendo na sua camisa sentindo-a ficar molhada e puxando-a para cima suavemente e mexendo nas suas bolas a ponto de explodir e finalmente puxando para fora atrevidamente o cacete que ela ama pegar e tocando nele uma punheta docemente, murmurando nos seus ouvidos palavras sujas e histórias escrabosas que outras garotas lhe contaram e coisas imundas que ela disse, e o tempo todo mijando nas suas calças de prazer e soltando pequenos peidos mornos e calmos até que o seu próprio grelo fique tão duro como o pinto dele e subitamente enfiando-o nela e cavalgando-o.

Basta! Basta per Dio!

Gozei agora e a bobagem terminou. Agora vamos às tuas perguntas!

Nós não abrimos ainda. Eu te envio alguns cartazes. Esperamos abrir no dia 20 ou no dia 21. Conte 14 dias a partir dessa data e mais 3 dias e meio para a viagem e eu estarei em Trieste.

Te prepare. Estenda um linóleo castanho quente na cozinha e pendure um par de cortinas vermelhas comuns nas janelas para a noite. Arranje uma confortável poltrona barata e ordinária para o seu amante indolente. Faça isso antes de tudo, querida, pois não deixarei essa cozinha durante uma semana inteira depois da minha chegada, lendo, recostando-me indolentemente, fumando e vendo você preparar a comida e *conversando, conversando,*

conversando, *conversando* contigo. Ó como me sentirei extremamente feliz!! Deus do céu, como serei feliz aí! I figlioli, il fuoco, una buona mangiata, un caffè nero, un Brasil[1], il Piccolo della Sera, e Nora, Nora mia, Noretta, Norella, Noruccia ecc ecc...

Eva e Eileen devem dormir juntas. Arranje algum lugar para Georgie. Desejo que Nora e eu tenhamos duas camas para o trabalho noturno. Mantenho e manterei a minha promessa, amor. O tempo voa, voa rapidamente!! Quero voltar para o meu amor, a minha vida, a minha estrela, a minha pequena Irlanda de olhos estranhos!

Cem mil beijos, querida!

JIM

---

[1] "As crianças, o fogo, um bom jantar, um café preto, um Brasil (charuto)".

20 de dezembro de 1909   44 Fontenoy Street, Dublin

    Minha doce garota levada   Recebi a tua carta picante esta noite e tentei te imaginar esfregando a tua xoxota no banheiro. Como faz isso? Você fica em pé contra a parede te coçando com a mão dentro da roupa ou você se agacha sobre o buraco com as tuas saias erguidas e a tua mão trabalha duramente através da abertura da tua calça? Isso te dá logo vontade de cagar? Me pergunto como é que você faz isso. Você goza no ato de cagar ou você se esfrega primeiro e depois caga? Deve ser uma coisa terrivelmente lasciva ver uma jovem com as suas roupas erguidas esfregando furiosamente a sua xoxota, ver a sua bonita calça branca aberta atrás e as suas nádegas evacuando e a metade de uma grossa coisa marrom saindo do seu buraco. Você diz que cagaria na tua calça, querida, e que me deixaria então te comer. Adoraria te ouvir primeiro cagar, querida, e depois te foder. Uma noite dessas quando estivermos num lugar qualquer às escuras falando besteiras e você sentir que o teu cocô está prestes a cair ponha os teus braços em volta do meu pescoço toda vergonhada e comece a cagar suavemente. O som vai me enlouquecer e quando eu erguer o teu vestido

    Inútil continuar! Você pode adivinhar por quê!

    O cinematógrafo abriu hoje. No domingo 2 de janeiro parto para Trieste. Espero que tenha feito na cozinha o que eu te pedi, linóleo e poltrona e cortinas. A propósito, não fique costurando aquelas calças na frente de ninguém. Seu vestido foi feito. Espero que sim — com uma longa capa, cinturão e punhos de couro etc. Como vou fazer com o bilhete de passagem de Eileen eu não sei. Pelo amor de Deus organize você isso e eu poderei ter uma cama confortável. Não tenho nenhum desejo de fazer nada com você, querida. Tudo o que quero é a tua companhia. Você deve ficar tranquila quanto às minhas visitas a —.¹ Você entende. Isso não acontecerá, querida.

Oh, agora me deu fome. No dia da minha chegada peça à Eva para fazer um pudim simples e algum tipo de calda de baunilha sem vinho. Gostaria de carne assada[,] sopa de arroz, capuzzi garbi,² purê de batatas, pudim e café preto. *Não, não* eu gostaria de stracotto di maccheroni,³ uma salada mista, ameixas cozidas, torroni,⁴ chá e presnitz.⁵ Ou melhor *não* eu gostaria de enguia cozida ou polenta com ...

Desculpe-me, querida, estou *com fome* esta noite.

Nora querida, espero que passemos juntos um ano feliz. Escreverei para Satnnie amanhã sobre o cinematógrafo.

Estou <u>tão</u> feliz agora de estar perto de Miramar. A única coisa que eu espero é que não leve novamente essa coisa amaldiçoada por causa do que eu fiz. *Ore* por mim, queridíssima.

Addio, addio, addio, addio!

JIM

---

[1] A palavra "prostitutas" foi omitida por Joyce.
[2] "Sauerkraut", chucrute.
[3] Assado de panela com macarrão.
[4] Torrone.
[5] Um doce triestino feito na Páscoa.

22 de dezembro de 1909   44 Fontenoy Street, Dublin

Queridíssima Nora   Estou te enviando esta encomenda registrada, expressa e assegurada como presente de Natal[1]. É a melhor coisa (mas muito pobre afinal de contas) que posso te oferecer em agradecimento pelo teu amor sincero e verdadeiro e fiel. Pensei em todos os seus detalhes acordado à noite ou percorrendo Dublin de automóvel e acho que finalmente ficou bonito. Mas mesmo que ele provoque apenas um rápido rubor de prazer nas tuas bochechas quando você o vir pela primeira vez ou faça o teu fiel, afetuoso e gentil coração dar um pulo de alegria me sentirei *bem, bem, bem* recompensado pelo meu esforço.

O livro que agora te envio talvez sobreviva a nós dois. Talvez os dedos de algum rapaz ou alguma moça (os filhos dos nossos filhos) possam virar respeitosamente as suas folhas de papel pergaminho quando os dois amantes cujas iniciais estão entrelaçadas sobre a capa tiverem há muito desaparecido da Terra. Nada restará então, queridinha, dos nossos pobres corpos humanos guiados por suas paixões e quem poderá afirmar onde estarão as almas que pelo olhar se contemplavam mutuamente. Rogaria que a minha alma se dispersasse no vento se Deus quisesse mas me deixasse soprar brandamente para sempre sobre uma estranha flor solitária azul-escura molhada de chuva numa sebe silvestre de Aughrim ou Oranmore.

JIM

---

1 O manuscrito encadernado de *Chamber Music* (Música de câmara).

23 de dezembro de 1909   44 Fontenoy Street, Dublin

    Minha queridíssima Nora   Quando você ler esta você já terá recebido o meu presente e a minha carta e terá celebrado o teu Natal. Agora quero que você se prepare para a minha chegada. Se nada de extraordinário acontecer deixo a Irlanda no sábado, dia 1º de janeiro, às 21h20 com Eileen, embora eu não saiba como e onde conseguir o dinheiro. Espero que você tenha colado os cartazes na cozinha. Pretendo empapelar as paredes semana após semana com os programas. Se você pudesse obter uns metros de linóleo ou mesmo um tapete velho ou qualquer tipo de poltrona usada, barata e *confortável* para a cozinha e um par de cortinas vermelhas baratas e comuns penso que me sentiria bem confortável lá. Será possível contarmos com mais uma cama? Talvez Francini nos venda a dele em um mês. Eu te enviei cada *penny* que pude economizar, queridíssima, mas agora estou sem recursos já que o presente que te dei, minha pestinha, custou-me muito soldi.[1] Mas não pense que estou arrependido, querida. Estou contentíssimo de ter te dado algo tão delicado e bonito. Agora, querida, <u>pressione</u> o Stannie a me ajudar a voltar imediatamente com a Eileen e então começaremos a nossa vida juntos mais uma vez. Oh como terei prazer em fazer a viagem de volta! Cada estação me conduzirá para mais perto da minha paz de alma. Oh como me sentirei quando vir o castelo de Miramar entre as árvores e o longo cais amarelo de Trieste! Por que estou fadado a olhar para Trieste tantas vezes na minha vida com olhos de saudade? Querida, quando eu estiver de volta quero que você seja sempre paciente comigo. Você descobrirá, amor, que *não sou um homem mau*. Sou um pobre poeta impulsivo perverso generoso egoísta ciumento insatisfeito e de boa índole mas não

---

[1] "Dinheiro" (italiano).

sou uma pessoa malvada e velhaca. Tente me proteger, amorzinho, das tormentas do mundo. Eu te amo (acredita agora, querida?) e Oh estou tão cansado depois de tudo o que fiz aqui que eu penso que quando chegar à Via Scussa irei simplesmente me arrastar até a cama, te beijarei ternamente na fronte, me cobrirei com os cobertores e dormirei, dormirei, dormirei.

Querida, estou tão feliz que você tenha gostado da minha foto quando eu era menininho. Eu era uma criança de ar impetuoso, não acha? E na realidade, meu amor, sou agora uma criança tão grande como era então. As coisas mais insensatas me passam pela cabeça. Você se lembra do retrato do homem com um dedo para cima no *Piccolo della Sera* que você diz que é "o Jim fazendo alguma nova sugestão."[2] Estou *certo*, querida, de que lá no fundo do teu coração você deve achar que sou um pobre menino tolo. Querida garotinha orgulhosa ignorante atrevida e afetuosa, por que é que eu não posso te impressionar com as minhas poses magníficas como impressiono as outras pessoas? Você vê através de mim, você, astuta bruxinha de olhos azuis, e sorri para si mesma sabendo que sou um impostor e ainda assim você me ama.

Queridíssima, quero apenas aludir a certa parte da tua carta.[3] Não tenho <u>absolutamente nenhum direito</u> de fazê-lo e reconheço você é livre para agir como quiser. Não pedirei que você se lembre das nossas crianças. Mas se lembre que nós nos amamos verdadeiramente naquele verão divino cinco anos atrás em Dublin quando éramos apenas um rapaz e uma moça. Querida, sou na verdade uma pessoa triste e Oh não poderei viver se acontecer isso que você parece estar pensando. Não, querida, sou muito ciumento, muito orgulhoso, muito triste,

---

[2] Um cartaz no teto do prédio do *Piccolo* mostrava a metade superior de um homem enorme com a mão para cima e o dedo indicador levantado, chamando a atenção dos transeuntes para o uso de uma marca especial de papel para enrolar cigarros.

[3] Nora Joyce ameaçou abandoná-lo.

muito solitário! Não viverei mais, creio. Agora mesmo sinto o meu coração tão quieto e aflito ao pensar que apenas posso fitar as palavras que estou escrevendo. Como a vida é triste, de uma desilusão a outra!

JIM

24 de dezembro de 1909 Véspera de Natal
44 Fontenoy Street, Dublin

Minha querida Nora   Acabo de te enviar um telegrama com o lindo tema do último ato da ópera que você gosta tanto *Werther*: "Nel lieto dì pensa a me".[1] E como era muito tarde para te enviar dinheiro eu paguei £1 ao meu sócio daqui Rebez e pedi que ele telegrafasse ao Caris[2] em Trieste solicitando que pagasse à Signora Joyce imediatamente 24 coroas. Espero que você tenha um feliz Natal, querida.

Agora, amorzinho, espero que o Stannie me envie por telegrama para o dia primeiro tudo o que ele puder a fim de que eu possa partir.

Querida, estou terrivelmente excitado agora. O dia todo estive no cinematógrafo em meio à balbúrdia natalina da cidade. Havia lá um jovem policial em missão especial. Quando isso acabou eu o conduzi escadas acima para lhe dar uma bebida e descobri que ele era de Galway e que as suas irmãs estiveram com você no Convento da Apresentação. Ele ficou surpreso de saber onde Nora Barnacle havia acabado. Ele me disse que se lembrava de você em Galway, uma bonita garota com cachos e andar orgulhoso. Meu Deus, Nora, como eu sofri! Porém não pude parar de conversar com ele. Ele me pareceu um jovem muito educado. Eu me perguntei se a minha querida, o meu amor, o meu amorzinho, a minha rainha havia alguma vez voltado para ele os seus jovens olhinhos. Eu *tinha* de falar com ele, pois ele havia vindo de Galway mas Oh como eu sofro, minha querida. Estou terrivelmente excitado. Não sei o que estou escrevendo. Nora, quero voltar para você. Esqueça de todo mundo menos de mim,

---

[1] "Pensa em mim nesse dia feliz", Jules Massenet, *Werther*.
[2] Giuseppe Caris, um dos sócios de Joyce no Cinematógrafo Volta.

querida. Sei muito bem que há em Galway rapazes mais vistosos do que o seu pobre amante mas Oh, querida, <u>um dia</u>[3] você verá que serei algo em meu país. Como estou excitado e inquieto! Incluo os nomes das suas irmãs. Eu vi que ele ficou todo pasmado de saber onde você havia acabado. Mas, Ó Deus, eu te daria todos os reinos deste mundo se eu pudesse. Oh, querida, tenho muito ciúme do passado e contudo começo a roer as unhas de excitação sempre que vejo alguém da estranha cidade do oeste agonizante onde o meu amor, a minha linda flor silvestre das sebes passou os seus anos de juventude risonha. Nora queridíssima, por que não está aqui para me confortar? Devo terminar esta carta estou terrivelmente excitado. Você me ama, não é mesmo, minha noiva adorada? Oh, como você me enredou no teu coração! Seja feliz, meu amor! Minha mãezinha, me ponha no escuro santuário do teu útero. Proteja-me, querida, do mal! Sou muito criançola e impulsivo para viver só. Me ajude, querida, ore por mim! Me ame! Pense em mim! Estou tão desamparado esta noite, desamparado, desamparado!

JIM

Um milhão de beijos para a minha querida flor do oeste coberta de orvalho, um milhão de beijos para a minha querida Nora dos cachos.

JIM

Tua mãe me mandou aquele presente e eu lhe escrevi agradecendo.

---

[3] Alusão à ária "Un bel dì", da ópera *Madama Butterfly*, de Puccini.

(Cartão-postal)
[26 de dezembro de 1909] Dia de São Estêvão
44 Fontenoy Street, Dublin

Queridíssima   Recebi a tua carta (aliás muito estouvada) esta manhã e o convite de casamento que você incluiu. Não mande nenhum presente de minha parte. Poupe tudo o que puder. Peça ao Stannie que me passe por telegrama tudo o que ele puder na próxima semana. Espero que você tenha recebido bem o meu presente e o telegrama e a libra que te enviei por intermédio do Caris. Espero partir em uma semana. Obrigado pelos teus votos de feliz Natal e espero que o tenha passado muito bem. Fale para o G. e a L. que voltarei em breve e que mantenham limpo o nariz. Espero que tenham passado um período agradável. Addio

JIM

Guarde um pequeno torrone e mandorlato[1] para a Eileen.

---

[1] Doce de Natal feito de pasta de amêndoa.

[12 de julho de 1912]   Via della Barriera Vecchia 32, III
                                              Trieste (Áustria)

Querida Nora   Depois de me haver deixado cinco dias sem nenhuma notícia você rabisca a tua assinatura no meio de outras num cartão-postal. Nenhuma palavra sobre os lugares de Dublin onde te encontrei e dos quais temos tantas recordações! Desde que você partiu senti uma surda cólera. Considero todo esse assunto equivocado e injusto.

Não posso dormir nem pensar. Ainda sinto dor. Fiquei com medo de me deitar na noite passada. Pensei que morreria dormindo. Acordei George três vezes com receio de ficar sozinho.

É uma coisa monstruosa dizer que você parece ter me esquecido em cinco dias e que esqueceu os belos dias do nosso amor.

Deixo Trieste esta noite pois tenho medo de ficar aqui — medo de mim mesmo. Chegarei a Dublin na segunda-feira. Se você se esqueceu eu não. Irei *sozinho* para encontrar e caminhar com a imagem daquela de quem me lembro.

Você pode me escrever ou me enviar um telegrama em Dublin para o endereço da minha irmã.

O que são Dublin e Galway comparadas com as nossas lembranças?

                                                                        JIM

[21 de agosto de 1912]   Dublin

Minha querida Nora   Vi Lidwell[1] hoje e depois de uma hora obtive dele a carta aqui inclusa. Levei-a para Roberts. Roberts disse que não estava bem e que ela devia ter sido endereçada a ele. Pedi a Lidwell que escrevesse para o Roberts. Lidwell se recusou e me disse que o seu cliente era eu e não Roberts. Fui ver o Roberts e lhe contei isso. Roberts disse que Lidwell deveria lhe escrever uma longa carta sobre todo o caso dizendo o que eu poderia fazer, pois ele não poria a firma em perigo. Eu disse que assinaria um acordo para lhe pagar £ 60 (sessenta libras) o custo da primeira edição se o livro fosse confiscado pela Coroa. Ele disse que isso não era necessário e perguntou se eu poderia conseguir duas garantias de £ 1000 (mil libras) cada — no total £ 2000 (duas mil libras = 50 000 francos) para indenizar a firma pelo prejuízo na publicação do meu livro. Eu disse que nada me admirava tanto quanto isso e que de qualquer maneira nunca ficaria provado que o prejuízo (se algum) da firma foi por causa do meu livro. Ele disse então que agiria conforme o conselho do seu advogado e não publicaria o livro.

Fui então para a sala dos fundos do escritório e me sentei à mesa, pensando no livro que escrevi, no filho que carreguei durante anos no ventre da imaginação assim como você carregou no teu ventre os filhos que você ama, e em como eu o alimentei dia após dia com o meu cérebro e a minha memória, e escrevi a ele a carta inclusa. Ele disse que a enviará esta noite para o seu advogado em Londres e me manteria informado.

Sou como um homem que caminha no sono. Não sei o que se passa em Trieste. Stannie não me mandou o que lhe pedi. Eva e Florrie não teriam o que comer se não fosse por mim. Stannie

---

[1] John G. Lidwell (morto em 1919), um advogado e um amigo do pai de Joyce.

não lhes enviou nada e Charlie nada e eu também nada. Eu não sei onde a minha escrivaninha e a mesa e os manuscritos e os livros irão parar. Você está longe em Galway. Não sei como vamos conseguir voltar para Trieste ou o que iremos encontrar lá. Não sei o que fazer com o meu diploma ou o meu livro. Meu pai diz que Roberts fará uma nova objeção mesmo depois da minha carta. A cidade está começando a fervilhar e eu gostaria de esquecer tudo e de estar aqui contigo e de te levar ao Show Hípico. Pover'a me![2] (*sic*)

Essas são minhas férias.

Mando lembranças ao Sr. Healy. Diga-lhe que não tive tempo para escrever. Dá um beijo no Giorgio e na Lucia.

Espero que você goste dos versos. Hoje falei com a minha tia e lhe contei coisas sobre você — como você se senta na ópera com a fita cinza nos teus cabelos, escutando a música, e observada pelos homens —, e sobre muitas outras coisas (até mesmo coisas muito íntimas) a nosso respeito.

Já contei sobre o meu revés nas corridas de Galway. Ainda lamento. Espero que chegue o dia em que serei capaz de te proporcionar a glória de estar ao meu lado quando eu entrar no meu Reino.

Seja feliz, querida, e coma e durma. Agora você pode dormir. Seu torturador está longe.

JIM

---

[2] O correto é *Povere me* ("Pobre de mim").

[*Carimbo postal* de 22 de agosto de 1912]   [Dublin]

Minha querida e distante Nora   Vi Roberts hoje e falamos sobre a encadernação etc. do meu livro assim um raio de esperança surgiu entre as nuvens. Ele me disse que o procurasse de novo amanhã às 12.

Aluguei um quarto com duas camas no 21 de Richmond Place sobre a North Circular Road e sou louco o bastante para esperar que nós dois possamos passar ali alguns dias felizes depois de todo esse aborrecimento. Como adorarei passear contigo durante a Semana de Show Hípico e ter dinheiro para te levar a vários lugares. Posso conseguir bilhetes gratuitos para os teatros. Não esquece as anáguas e as meias bonitas. Você pode arrumar o teu cabelo aqui. Você tem aquela fita cinza de que gosto tanto? Você virá amanhã? Tenho medo de perguntar isso pois o Stannie não me escreveu e o meu dinheiro está quase no fim. Talvez ele me escreva amanhã. Passei uma semana terrivelmente excitante com o meu livro. Roberts falou comigo hoje sobre o meu romance, e me pediu que o terminasse. Você gostaria de ir ao teatro comigo e jantar depois? Espero que você esteja tão cheinha como antes. Aquela tua blusa lilás maliciosamente apertada está limpa? Espero que você escove os dentes. Se você não tiver boa aparência te mando de volta para Galway. Faça o favor de não deformar os teus chapéus principalmente o alto. Tenho um quarto agradável de frente com duas camas. Se tudo correr bem não poderíamos passar alguns dias na companhia um do outro. Eu gostaria de te mostrar vários lugares em Dublin que são mencionados no meu livro. Queria que você estivesse aqui. Você se tornou uma parte de mim mesmo — uma só carne. Quando voltarmos para Trieste você lerá se eu te der livros? Então nós poderemos conversar sobre eles. Ninguém te ama como eu e adoraria ler contigo os diferentes poetas e dramaturgos e romancistas como o seu guia. Eu te darei apenas o que é mais belo e melhor em literatura. Pobre Jim! Sempre planejando e planejando!

Espero ter boas notícias amanhã. Se publicam o meu livro então mergulharei no meu novo romance e o terminarei.

O *Abbey Theatre* abrirá e eles apresentarão peças de Yeats e de Synge. Você tem o direito de estar lá porque você é minha noiva: e eu sou um dos escritores desta geração que talvez esteja finalmente criando uma consciência na alma desta raça miserável.[1] Addio!

(Escreva como sempre para Todd Burns[2] não para o meu endereço)

---

[1] Stephen Dedalus escreve no seu diário, no final de *Retrato do artista quando jovem*: "Bem-vinda, ó vida! Vou, pela milionésima vez, encontrar a realidade da experiência e criar na forja da minha alma a consciência incriada da minha raça."

[2] Todd, Burns & Co., negociantes de tecidos e alfaiates, 17, 18 e 47 de Mary Street, Dublin, onde May Joyce estava empregada.

PARIS
1924

Para Nora Barnacle Joyce[1] Manuscrito privado[2]
[? 5 de janeiro de 1924][3] [Paris]

Querida Nora: A edição que você tem está cheia de erros de impressão. Por favor leio-a nesta edição. Cortei as páginas. Há uma lista de erros ao final

JIM

---

[1] Embora tivesse recebido a cópia n. 1000 de *Ulysses* (agora em Buffalo), Nora Joyce nunca concordou em lê-lo. Joyce evidentemente tinha razão para acreditar que ela estava mais receptível agora.
[2] Os manuscritos das cartas anteriores estão na Universidade de Cornell, Estados Unidos.
[3] A data deve ser a da quarta impressão, janeiro de 1924, porque essa foi a primeira a ter correções coladas ao final.

Anexo

CARTAS DE NORA A JOYCE

A biografia de Nora Barnacle, *Nora: The Real Life of Molly Bloom* (Boston/Nova York: A Mariner Book, 1988), escrita por Brenda Maddox, reproduz algumas cartas que ela redigiu e enviou a James Joyce. Maddox usou como fonte *Letters of James Joyce*, volume II, e documentos conservados na Universidade de Cornell, EUA. Essas cartas (algumas fragmentárias ou incompletas) foram incluídas neste anexo.

23 de junho de 1904   2 Leinster Street [Dublin]

    Meu Querido Benzinho uma linha para te dizer que não posso talvez te encontrar esta noite pois estamos ocupados mas se for conveniente para *você* no sábado à noite mesmo lugar com amor

N Barnacle

desculpe escrever com pressa.

16 de agosto de 1904   Leinster Street [Dublin]

Meu Queridíssimo
Minha solidão que eu senti tão profundamente, desde que nós nos separamos noite passada parece que desapareceu magicamente, mas, ai de mim, foi só por pouco tempo, e então se tornou pior do que antes. quando eu li a tua carta do momento em que eu fechei os meus olhos até abri-los de novo de manhã. Parece que eu estou sempre na tua companhia sob todas as variedades de circunstâncias possíveis falando contigo caminhando contigo te encontrando de repente em diferentes lugares até que eu me pergunto se o meu espírito não deixou o meu corpo no sono e saiu te buscando, e ainda te encontrou ou talvez isso não seja nada além de uma fantasia. De vez em quando também caio numa melancolia que dura o dia todo e que eu acho quase impossível de afastar já está na hora eu acho que devia terminar esta carta pois quanto mais escrevo mais sozinha me sinto pelo fato de você estar tão longe e a ideia de ter de escrever escrever (*sic*) o que eu gostaria de te falar estivesse você ao meu lado me faz sentir completamente infeliz então com os meus melhores votos e amor eu termino agora —.
Acredite em mim que serei sempre tua XXXXXXX
Nora Barnacle

12 de setembro de 1904 [Dublin]

    Espero que não tenha ficado molhado se você estava hoje na cidade ficarei aguardando para te ver às 8-15 a manhã à noite esperando que vá ser ótimo eu me sinto muito melhor desde a noite passada mas sente (*sic*) um pouco solitária hoje à noite pois está tão úmido eu fiquei lendo as tuas cartas o dia inteiro pois não tinha mais o que fazer eu li aquela carta longa[1] várias vezes mas não pude entender vou te levar amanhã à noite — e talvez você poderia me fazer entender

    nada mais no momento da tua garota carinhosa

Nora XXXX

desculpe escrever com pressa
Suponho que soltará fogos quando receber isso

---

[1] Carta na qual Joyce discorre sobre a necessidade de rejeitar a igreja e a ordem social.

16 de setembro de 1904 [Dublin]

Querido Jim

    Me sinto tão cansada esta noite não posso dizer mais muito obrigada pela tua carta carinhosa que eu recebi inesperadamente esta tarde eu estava muito ocupada quando o carteiro passou eu escapei para um dos quartos para ler a tua carta fui chamada cinco vezes mas fingi que não ouvia agora são onze e meia e não preciso te dizer que eu mal consigo manter os olhos abertos e fico muito contente de dormir a noite inteira quando não posso ficar mais pensando em você quando acordo de manhã não pensarei em nada mas em você Boa noite até às 7 de amanhã à noite
    Nora xxxxxxxxx

27 de setembro de 1904 [Dublin]

Queridíssimo Jim espero que o teu resfriado esteja melhor percebo que você ficou muito quieto ultimamente senti na noite passada como se eu não te tivesse visto de modo algum porque você teve que me deixar tão cedo quando eu entrei eu pensei que poderia me deitar e não pensar tanto em você mas havia uma grande bebedeira aqui e não preciso te falar não queria estar entre pessoas que não me importam eram duas horas quando fui para a cama eu me sentei o tempo todo como uma tola pensando em você eu desejava tanto que chegasse a hora quando eu não tivesse mais de te deixar.

Querido Jim me sinto tão sozinha esta noite não sei o que dizer é inútil eu me sentar para escrever quando eu gostaria estar com você espero que você me dê boas notícias quando eu te encontrar a manhã à noite tentarei sair às 8-15

Até lá os meus pensamentos estão contigo

Nora

2 de novembro de 1909 [Trieste]

 querido Sr. Joyce como posso te agradecer pela sua amabilidade a caixa de Luvas que me enviou são adoráveis e assentam muito bem foi uma grande surpresa receber um presente tão lindo espero que você esteja muito bem e seria prazeroso vê-lo espero que escreva para mim e me diga quando irei encontrá-lo novamente no momento estou bastante ocupada e não posso sair por algum tempo espero que você me perdoe e aceite meus agradecimentos

Nora Barnacle

[Sem data (1911?)] [Visinada]

Querido Jim

Eu mesma não aproveitei de modo algum desde que cheguei aqui Lucy tem andado doente o tempo todo e quando ela ficou melhor Georgie adoeceu na noite passada ficou vomitando a noite toda e está com febre hoje não dormi uma só noite desde que eu vim com a Lucy cada vez que ela olhava a aparência desolada do lugar ela começava a chorar ela não irá com a Gina assim eu tenho de carregá-la por todos os lados o dia todo a comida é muito pesada então ela provavelmente desarranja Georgie você não precisa se preocupar em me mandar dinheiro para pequenos gastos e eu não pretendo ficar além de segunda-feira pois espero que você amavelmente vai providenciar tudo eu pretendo voltar de vapor espero que os teus olhos estejam melhores não tem lojas aqui não posso comprar mais nada agora espero que Stannie esteja bem

Escreva logo

Nora

ainda continua[1]

---

[1] Algum problema ginecológico.

11 de julho de 1912   [Galway]

    Me sinto muito estranha aqui mas não vou ficar muito tempo me movendo por aí até que eu esteja voltando para você de novo bem Jim tenho certeza que você vai gostar de saber alguma coisa sobre os teus editores bem na terça-feira o seu pai Charley e eu mesma entramos e simplesmente pressionamos aquele senhor simpático eu perguntei o que ele quiz (*sic*) dizer tratando-o daquela maneira mas o teu pai então começou a falar de modo que Roberts não me deu mais atenção só falou com o teu pai ele pediu desculpas dizendo que estava muito ocupado e disse para procurá-lo outra vez e assim Charley e eu o procuramos duas vezes no dia seguinte mas lamento dizer que ele ficou inacessível mas Charley fará tudo o que ele pode ele diz ele irá vê-lo todos os dias então ele te escreverá. Temo que não vai ser nada fácil ter uma resposta definitiva na minha volta vou procurá-lo de novo espero que Charley será capaz de fazer alguma coisa... Adeus amor e queira bem à Nora
    um beijo no Georgie

[Aproximadamente 4 de agosto de 1917] [Locarno]

Querido Jim: Obrigado pelo dinheiro também a tua carta desta manhã com o que veio junto por isso te mando de volta pelo correio fico feliz que você tenha conseguido o dinheiro[1] assim você não terá nada com que se preocupar espero que você use o teu tempo o melhor possível. Estamos todos bem como te disse antes a comida não podia ser melhor e mais do que podemos comer e o quarto é bom ele tem uma varanda agora que o tempo está muito melhor vamos fazer belas caminhadas amanhã e foi bastante divertido ouvir os homens bradando os preços e fazendo tanto barulho quanto eles gostam em Triest[2] eles são como italianos alegres e sujos e desordeiros é bastante diferente de Zurique.

---

[1] Um dos pagamentos anônimos de 50 libras entregues a Joyce.
[2] Ortografia alemã.

10 (?) de agosto de 1917 [Locarno]

    Começou[1] ontem à noite por volta das nove e meia estávamos na sala de jantar com algumas pessoas e como tinha chovido o dia todo as pessoas não esperavam isso e de repente ela veio com raios e trovões eu pensei que era o nosso fim eu fiquei quase morta de medo durante cerca de vinte minutos então ela desabou e fomos para a cama às dez e meia mais ou menos mas eu não dormi então um furacão começou e relâmpagos que duraram até às cinco e meia esta manhã isso causa uma impressão horrível porque corta a luz elétrica assim fiquei no nosso quarto tateando no escuro a noite toda assim você pode imaginar como me sinto hoje...

---

[1] Tempestade acompanhada de trovoadas e raios.

11 (?) de agosto de 1917 [Locarno]

    As crianças querem ir para casa lá por quinta-feira para terem dois ou três dias antes do começo das aulas não me deram nenhum trabalho exceto pela manhã antes de se levantar é um jogo habitual entre elas têm um boxe na cama e é claro eu tenho de puxar os dois para fora Georgie é muito tímido ele tem medo da vida dele eu poderia ver seu pinto então ele se enrola na colcha agora posso lavar o meu cabelo seu único problema é que ele continua a cair muito espero
que esta te encontre bem
todo amor
das crianças Nora

12 (?) de agosto de 1917 [Locarno]

 Eu fico feliz por saber que o teu livro está vendendo eu espero que você esteja escrevendo Ulisses não fique acordado até tarde da noite eu imagino que você não comprou nenhuma roupa para você mesmo não se esqueça e faça isso...

15 de agosto de 1917 [Locarno]

como te disse antes não me importo em ficar aqui mas não penso que as crianças vão ficar até depois de sábado então não sei o que fazer, e depois é óbvio é muito caro. Imagino que você está muito cansado de esperar o dinheiro de Quinn se ele chegou eu poderia saber melhor o que fazer, em todo caso é melhor me mandar cento e trinta 130 coroas e isso irá pagar o nosso trem e a pensão, o meu cabelo está um pouco melhor as pessoas falam que é bom ir a um médico que é provavelmente de ficar sempre pensando mas desde que cheguei aqui não penso tanto de modo que eu posso melhorar aos poucos de qualquer modo não vou mais me preocupar. Espero que você esteja bem e escrevendo alguma coisa eu leio um pouquinho a cada dia...

SOBRE OS TRADUTORES

DIRCE WALTRICK DO AMARANTE é tradutora e ensaísta. Professora do curso de Artes Cênicas da Universidade Federal de Santa Catarina. É autora de *Para ler* Finnegans Wake *de James Joyce* (Iluminuras, 2009); organizadora e tradutora da antologia de textos em prosa e verso de Edward Lear, *Viagem numa peneira* (Iluminuras, 2011). Foi finalista do prêmio Jabuti em 2010. Edita o jornal universitário *Qorpus*, http://qorpus.paginas.ufsc.br/

SÉRGIO MEDEIROS é poeta, tradutor e ensaísta. Professor de teoria literária na UFSC e pesquisador do CNPq. Traduziu, com Gordon Brotherston, o poema maia *Popol Vuh* (Iluminuras, 2007), e publicou, entre outros, os livros de poesia *Vegetal Sex* (UNO Press/University of New Orleans Press, 2010) e *Figurantes* (Iluminuras, 2011). Foi duas vezes finalista do prêmio Jabuti (2008 e 2010).

CADASTRO
ILUMINURAS

Para receber informações
sobre nossos lançamentos e
promoções, envie e-mail para:

cadastro@iluminuras.com.br

A *Iluminuras* dedica suas publicações à memória de sua sócia Beatriz Costa [1957-2020] e a de seu pai Alcides Jorge Costa [1925-2016].